Julia Schoch
Der Körper des Salamanders

Julia Schoch

Der Körper des Salamanders

Erzählungen

Piper
München Zürich

Die Arbeit an diesem Buch wurde gefördert vom
Ministerium für Wissenschaft, Forschung und Kultur
des Landes Brandenburg.

ISBN 3-492-04375-5
© Piper Verlag GmbH, München 2001
Gesetzt aus der Stempel-Garamond
Satz: Uwe Steffen, München
Druck und Bindung: Clausen & Bosse, Leck
Printed in Germany

Für Peter, mit dem Leben (Kunst) begann

Der Körper des Salamanders

*J*etzt ist es vorbei, das Geräusch, das Rauschen, wenn das Wasser sich durch meine Gehörgänge schleckt, um mit einem tiefen Gurgeln immer wieder von sich hören zu lassen. Nach der Entscheidung schlägt keine Brandung mehr von innen an meine Haut, keine Welle bricht sich Bahn, kein Tropfen dringt in keinen Spalt, nichts fließt, nichts bewegt sich, endlich kann ich beginnen:

*I*ch machte »pscht« und winkte in den Raum zu den Mädchen hinüber, was sie dazu brachte, nur noch lauter durcheinanderzurufen. Als ich nicht reagierte, wurden sie schließlich still. Ich stellte das Radio lauter, die Nachrichten waren vorbei. Die Wettervorhersage verkündete ungewöhnlich milde Temperaturen für Februar, und mein Gesicht verfinsterte sich.

»Kein Eis«, teilte ich mit, und die Mädchen schauten kraftlos von den zerkratzten Holzschemeln zu mir herüber. Ich sah sie nicht an, spürte aber, daß sie erwarteten, ich würde mit einem Zauberspruch eine Schicht aufs Wasser werfen, die so hart wäre wie im letzten Jahr. So fest auch, daß die verschiedenen Schwimmtiere sekundenschnell in dem Eisblock erstarrten, über den wir laufen könnten, anstatt den Fluß in seinem normalen Zustand zu durchrudern, wie wir es seit Monaten schon taten, um die Regel: Belaste möglichst täglich! nicht zu verletzen. Und nun schien es, als würden wir den ganzen Winter über raus auf das Wasser müssen, denn was im Februar nicht fror, blieb bis zum Frühling flüssig. Das stand zwar nicht im Handbuch, hatte ich aber von den anderen kleinen Menschen, die die Boote steuerten, erfahren. Solange es nicht um das Ausborgen von Werkzeug oder Putzschwämmen ging, ließen sie sich, obgleich mißtrauisch, zu Informationen wie dieser überreden.

Kein Glück also wie im Winter zuvor, als die Blätter der Skulls schon in der Schweinebucht gesplittert waren, noch keine fünfhundert Meter vom Ufer entfernt, das der Trainer mit dem Motor seines wild kreisenden Bootes freigeschmolzen hatte. Mit wütendem Gesicht hatte er uns fünf zu sich ins Boot kriechen lassen. Da ich die einzige mit Handschuhen gewesen war, hatte ich den Vierer, dessen Bug von der scharfen Eiskante aufgerissen worden war, wie einen großen steifen Fisch hinter uns hergezogen, während sich die Mädchen schweigend in die rotgefrorenen Hände gehaucht hatten. Bis zum März war ich in der warmen Werkstatt geblieben, um die Blätter und die Kunststoffbespannung zu reparieren. Ich hatte mir viel Zeit gelassen beim Lackieren und durch die staubigen Fenster die Mädchen beim Gymnastiklauf beobachtet.

*M*ein Körper wurde nach dieser Nachricht zu einem Stück Holz, als ich den Ölanzug über Pantalon und Trainingshose zog; die T-Shirts waren noch klamm, in den Schuhsohlen quietschte das Wasser vom Vortag. Ich besah meine Hände. Hier und da hatten sich bereits winzige Schuppen gebildet, die zu Schwimmhäuten werden konnten, wenn sie sich mit den weißen Stellen an den Fingern verbänden.

Bis wir nicht in der Juniorenstufe ruderten, würde während der kalten Jahreszeit nichts mehr an mir trocknen und mußten wir für das Training in dieser Baracke bleiben, die die Nässe einsog und die Pappwände schimmeln ließ. Im Winter wurde der Trockenraum durch Gestank und Feuchtigkeit zu einer Quarantänezone, die wir nur mit zugehaltener Nase betraten, um sie schnellstmöglich wieder zu verlassen. Im Sommer half nicht einmal das geöffnete Fenster, um Frischluft in den Brutkasten zu bekommen, aber wenigstens trocknete die Kleidung in nur wenigen Minuten.

Und obwohl ich schon jetzt unter den feuchten Sachen zu frieren begann, mußte ich die Mädchen, die der Trainer Mannschaft nannte, bei Laune halten.

»Ein Winter wie siebenundvierzig«, flehte ich zur Pappwand, um sie zu unterhalten. Sie verstanden nicht. Nachmittags in der Schule waren sie müde, schliefen in den Bänken und schleppten sich auf Hausschuhen durch die Gänge des labyrinthischen Gebäudes. Sie verübelten mir meine Noten und haßten meinen ewig ausgeruhten Körper, der als einziger im Klassenzimmer aufrecht saß und sogar Worte herausbrachte, die zu den Fragen der Lehrer paßten.

Ich schickte Dramatik in meine Stimme und versuchte dabei, meine kalten Arme steif neben der orangefarbenen Schwimmweste hängen zu lassen: »Siebenundvierzig ging nichts mehr. Eiskalter Winter nach dem Krieg. Ein Haufen Frühgeburten, überall wurden die Möbel aus den Gutshäusern verfeuert, zumindest bei uns.«

Die Mädchen zogen sich ihre dünnen Hosen über die breiten, kräftigen Hintern und hörten mit offenem Mund zu. Ihre Körper machten Geräusche und rochen algig.

Als sie fertig waren, tat ich, als müßte ich nach den Steckschlüsseln suchen, und schickte sie zum Einlaufen. Ein bummeliger Haufen, verließen sie schließlich die Baracke und begannen sich draußen in der Kälte warm zu hüpfen.

Auch wenn ich geredet hatte, war ich doch ganz stumm geworden. Wenn es kein Eis auf dem Wasser gab, bedeutete das nicht nur angefrorene Zehen in den nächsten Wochen. Ich tastete in meinem Spind nach dem blauen Buch, das ich vor einiger Zeit schon angeschafft hatte. Als ich es aufschlug, wurden die Linien zu kleinen Wellen, die sich launig über die leeren Seiten bewegten: Keine einzige Zeile hatte ich bisher zwischen sie gebracht, und wenn es kein Eis gab, würde ich auch diesmal keine Gelegenheit haben, einen Gedanken zu fassen. Draußen sprangen die Mädchen in der Hocke über den grauen Beton, und dahinter lagen die Stege glasig am Fluß. Bevor ich das Buch wieder in den dunklen, stinkenden Schrank zurücklegte, bohrte ich einen Fingernagel in das rauhe Holz. Dann nahm ich den Kanister und ging hinaus.

Draußen im Boot ging ein scharfer Wind, der mir die Worte, die ich durch die Sprechanlage schickte, vom Mund riß, noch bevor sie zum Lautsprecher unter dem dritten Rollsitz gelangen konnten. Ich hob den hantelschweren Teekanister auf meinen Bauch, da meine fünfunddreißig Kilo gelegentlich von Böen erfaßt und über die niedrige Holzreling geweht wurden. (Mein geringes Gewicht hatte schon einmal dazu geführt, daß ich als Achtjährige unter einem gemusterten Kinderschirm bei stürmischem Regen mehrere Meter über den Gehweg getrieben worden war, wobei ich meine Füße sekundenlang in einigem Abstand über den grauen Betonplatten unter mir hängen gesehen hatte.)

Dieser Winter war nichts anderes als eine Wetterflucht, durch die die Mädchen ruderten wie Ausgesetzte auf der Suche nach Land. Sie zogen Krebse in den unregelmäßigen Wellen und stießen das Boot mehr vorwärts, als daß sie es schoben. Bei diesem Wetter verzichteten sie freiwillig auf die Pause, denn das Wasser war bis in ihre Knochen gedrungen, und wir trieben rasch aus der Fahrrinne, wenn die Ruderblätter für eine Weile in der Luft blieben. Also nahm jeweils nur eines von ihnen große Schlucke aus dem Kanister, an dessen Tülle brauner Belag klebte, während die anderen drei weiter durch die garstige Natur hasteten.

Wir hatten den Schwielowsee durchquert, als mir klar wurde, daß dieser Winter nicht einmal besser würde, wenn das Eis tatsächlich den Fluß zuwuchs. Denn ich hatte schon darüber nachgedacht, was ich noch zerschlagen, zerbrechen oder einfach nur als verloren melden könnte, um in die Werkstatt geschickt zu werden, in der den ganzen Tag über ein Heißluftradiator lief. Aber ich hatte nichts mehr finden können. Äußerst kopflos war es von mir gewesen, den bunten Stoffbeutel mit den Startnummern darin schon im Sommer verschwinden zu lassen. Der Trainer hatte es gleich nach dem letzten Wettkampf der Saison bemerkt. Ich hatte den Nylonsack einfach auf die Böcke der Magdeburger Mannschaft gelegt und nur eine halbe Minute warten müssen, bis sich eine beiläufige Hand fand, die ihn, ohne den Inhalt zu betasten, unter das T-Shirt steckte. Der Trainer erwiderte nichts, als ich ihm sagte, jemand hätte sie direkt aus meiner Reisetasche genommen. Er hatte genickt und noch am selben Tag einen Termin für die Werkstatt ausgemacht. So mußte ich zwanzig neue Startnummern aus einer Sperrholzplatte heraussägen und bemalen, während die Mädchen ihre Einer aus der Bootshalle zum Wasser trugen. Da aber hatten die Weiden am Ufer gerade erst angefangen, ihre filzigen Blättchen zu verlieren.

Jetzt waren sie kahl, und ich stellte fest, daß ich ohnehin nur die Wahl hatte zwischen dem Eiswasser, das meinem Körper gegenüber gleichgültig war, und den grimmigen Gesichtern der Mädchen, die bei Minustemperaturen oder Bootsschäden zwar ins beheizte Ruderbecken durften, dafür aber zusehen mußten, wie ich in wohliger Wärme am Geländer stand, sie beobachtete und ihre Pulswerte in ein Diagramm eintrug. Ich entschied mich für letzteres, denn vor den Gesichtern der Mädchen konnte ich einfach die Augen schließen, was bei Eiswasser nichts half. Bei der Heimkehr schob ich den Teekanister tief unter den Schalensitz, und als die Mädchen das Boot herausnahmen, ließ ich auf das Kommando »Über Kopf hoch!« einfach nichts folgen, so daß nach ein paar Sekunden zusammen mit etlichen Litern schaumigen Flußwassers auch der Kanister aus dem umgedrehten Bug auf die Schultern der Mädchen fiel. Nach zwanzig Kilometern gleichförmiger Bewegung fiel es ihnen schwer, auf etwas Plötzliches zu reagieren. Nur eine von ihnen brauchte willenlos ihre Hand von den Verstrebungen zu lösen, damit den anderen das Gewicht zu schwer wurde und der Vierer mit seiner maßgeschneiderten Kunststoffhülle auf die Holzplanken des Steges schlug. Dies war ein Schaden, der nicht einmal vom Bootsmann selbst repariert werden konnte. Für einen solchen Schaden mußte das Boot verschickt werden, in andere Bezirke, vielleicht sogar in andere Länder. Einen aufgeschlagenen Rumpf reparierte man in Sofia oder Moskau, bis dahin konnte es Frühjahr sein.

Wir durften nur ins kleine Becken, weil im großen die Sportler trainierten, die zur Olympiade fuhren. Dort stand der Steuermann nicht am Geländer, sondern an einem Computer, der die Werte der riesigen Männer auf langen Papierbögen ausdruckte. Wie in einer Klinik waren sie angeschlossen an Bänder und Elektroden, die um ihre verschwitzten Handgelenke gewickelt wurden. Manchmal sah ich einen von ihnen zwischen den Bootshallen oder auf dem Weg ins Sportlerrestaurant. Wie zu groß gebaute traurige Golems schlichen sie mit gebeugtem Kreuz und ballongroßen Oberarmen über das Gelände. Ihre Lider hielten sie halb geschlossen. Sprach man sie unvermittelt von der Seite nach der Uhrzeit an, überlegten sie sehr lange und zuckten dann mit den Schultern. Einen hatte ich in der Stadt nach der Straßenbahn laufen sehen. Gleichmäßig langsam –

er hatte kaum die Füße vom Boden gehoben – war er mehrere hundert Meter gelaufen und hatte dann nicht einmal laut atmen müssen. Später, als er aus dem Fenster sah, war sein Kiefer heruntergeklappt, ohne daß er es gemerkt hatte.

Im Becken sprudelte das Wasser den Mädchen entgegen. Sie saßen auf ihren Rollsitzen wie im Boot, nur daß sich der Betonsockel nicht bewegte und sie sich trotzdem abmühen mußten, denn das Wasser drückte in der höchsten Stufe gegen ihre durchlässigen Blätter. Wenn sie die Skulls spritzend zu ihren Bäuchen rissen, sah es aus, als wollten sie sich aus dem Sockel herausheben. Doch eine unsichtbare Riesenhand hielt ihn fest. Sie kamen nie vom Ufer weg. Während sie sinnlose Bewegungen vollführten, saß ich stumm am Rand und drückte an der Stoppuhr herum. So merkten sie nicht, daß ich an mein Gedicht dachte, obwohl die Geräusche wie in einer Delphinhalle mich immer wieder aufschrecken ließen.

»Los, tauschen«, schnieften sie später, als der Trainer gegangen war. Immer, wenn der Trainer ging, fingen sie an zu stöhnen. Einmal war ich schließlich auf den hinteren Platz gestiegen und hatte schon nach wenigen Schlägen harte Unterarme bekommen, weil ich mit der Hand zupackte, anstatt mit den Oberarmen zu ziehen. Die Mädchen hatten gelacht. Sie mochten es nicht, wenn jemand weniger geschunden wurde als sie.

Es war mir peinlich, sie mit verklebten Haaren und nasser Kleidung in dieser gurgelnden Schale zu sehen. Oft weinten sie vor Erschöpfung. Um sie abzulenken, erzählte ich, daß man im großen Becken Leinwände mit vorbeiziehenden Landschaften und Tieren installiert hätte, damit den Olympioniken im Winter nicht langweilig wurde. Doch die Aussicht, noch mindestens fünf Jahre trainieren zu müssen, um diese Landschaften selbst sehen zu können, machte sie nur wütender.

»Laß uns aufhören«, zischte es aus dem Wildwasserstrom. Auch wenn ihre Körper nicht mehr wollten, hielten sie sich an die Regel, meine Kommandos abzuwarten. Ich ging um das Becken herum und sah aus den winzigen Fensterlöchern. Draußen regnete es matschige Wasserflocken. Der Trainer, der keine Mütze trug, sah genauso naß aus wie die Mädchen hier drinnen. Er unterhielt sich mit dem Verantwortlichen für politische Erziehung, der in einem dicken weinroten Anorak steckte. DYNAMO stand in den Rücken hineingesteppt.

Ohne die Mädchen anzusehen, machte ich ein Zeichen, das sie sofort verstanden. Pustend ließen sie die Skulls aus ihren Händen gleiten, die ohne die Dollenringe von der Strömung an die Beckenwände gedrückt worden wären. Sie wischten sich mit ihren T-Shirts über die Stirn und atmeten heftig. Die feuchte Luft vermischte sich mit dem fischigen Geruch ihrer dampfenden Körper. Aus ihrem starren Vierer heraus tauchten sie ihre Arme in das Wasser neben sich und schickten ein paar Spritzer zu mir hoch. Die Fenster beschlugen.

Nach ein paar Minuten griffen die Mädchen plötzlich von ganz allein wieder nach den abgeschabten Griffen ihrer Skulls, als würden sie dieses Spiel lieben. Doch bevor ich mich wundern konnte, befahl eine Stimme, sie gleich wieder loszulassen und die Finger an die Hälse zu drücken, um den Puls zu messen. Der

Trainer schwieg, als er die Ergebnisse hörte. Die Mädchen schauten in die Strudel und ich auf das braune zerfusselte Band der Stoppuhr, die mir der Trainer vom Hals nahm, um sie in seiner Jackentasche zu verstauen.

Abends im Speisesaal schien das weiße Neonlicht auf die Sprelacarttische. Die Turner, die ihre Tabletts in die Geschirrablage brachten, waren so klein, daß ich ihnen in die Augen schauen konnte, wenn sie an unserem langen Tisch vorbeikamen. Als die Mädchen aufbrachen und mit ihren schon großen Brüsten die Arme der Jungen streiften, ging ich noch einmal in die Essensausgabe zurück und tat, als bräuchte ich noch Obst. Dann kam ich zurück und setzte mich wieder. Ich nahm das blaue Buch heraus und legte es vor mich auf den Tisch. Eine Melusine schwebte über dem dunklen Deckel. Ich betrachtete ihre gesenkten Lider und dachte nach. Aber kein einziger Buchstabe kam aus dem Füller auf die Seiten. Bald verließen die Fechter als letzte den Saal, vor lauter Konzentration wurde ich ganz schläfrig.

Die Küchenfrauen begannen, die Stühle auf die Tische zu stellen. Laut schlugen die Metallbeine gegeneinander, während die Sportler hinten auf dem Wandrelief mit wilden Gesten sprangen, warfen, zogen, liefen, hüpften, schossen und schwammen. Ihre Muskeln hatten die Maserung des Holzes, und die Gesichter waren vom Sieg oder Schmerz verzerrt.

Als sie das Licht ausschalteten, mußte ich gehen, auch weil die Internatstür bald verschlossen sein würde. Diesmal war ich erleichtert, daß der Hausmeister den

Fahrstuhl schon abgestellt hatte. Die zweihundertfünf-
zig Stufen bis in den vierzehnten Stock reichten vielleicht, um zu einer Zeile zu kommen. Doch auf jeder
Etage stürmten mir Kinder entgegen, die mich schweigend rammten oder johlend ignorierten. Ich hielt mich
dicht am Geländer.

In der Sechsten begann die Aussicht, und in der
Siebten war in der vergangenen Woche jemand durch
die Glastür in den Etagenflur gefallen. Die Blutflecken
lagen noch ausgewaschen auf dem braunen Linoleum.
In der Zehnten flog eine Taube auf, nur weil ich vorbeiging am Balkon. Ich atmete immer noch gleichmäßig,
als ich oben ankam, längst machte der Aufstieg mir
nichts mehr aus. Aber ich war auch langsamer geworden. Für eine Stufe brauchte ich oft mehrere Sekunden.

*I*m Zimmer roch es nach Schweiß.

Ich räumte die Schalen mehrerer Pampelmusen von
der fleckenstarrenden Tischdecke. Ohne daß ich es sah,
wußte ich, daß neben dem Mädchen oben im Doppel-
stockbett der Junge lag. Als ich meine Bücher aufschlug, ließen sie ihre Köpfe über die Kante schauen.
Der Junge war ganz rot im Gesicht und grinste. Das
Mädchen ließ gewaltige Kaugummiblasen zerplatzen,
die sie von ihren Wangen kratzte. Sie schauten mich
an. Ich schob das Lesebuch auf meine Hände und tat,
als läse ich eine Zeile:

»Laß den Salamander«, sagte ich laut.

Ich sah nicht auf, hörte aber, wie sie, schon wieder
unter der Decke, leise quiekten. Ab und zu brüllte
das Mädchen, wenn der Junge sie zwickte, manchmal

schlug sie ihm auch ins Gesicht, wenn er zu grob wurde.

An mir gab es wenig anzufassen. Ich war fast durchsichtig und sah aus wie die kleine Schwester eines der Mädchen. Die waren im ersten Jahr auf der Schule oft zwanzig Zentimeter gewachsen, was am guten Essen lag. Sie aßen fünfmal am Tag warm. Mir dagegen erlaubten sie nur Pampelmusen und Äpfel, schließlich lag ich, der Ballast, bloß reglos im Boot.

Ich nahm das blaue Buch heraus, um die Zeile zu notieren, die mir ein guter Anfang zu sein schien. Oben im Bett wühlte und kicherte es immer noch. Ich schraubte den Füller auf und setzte die Feder auf die erste Linie, als etwas durch den Raum flog. Starr blieb ich sitzen und schloß die Augen, während die milchige Flüssigkeit langsam in die rauhen Fasern unseres Teppichs drang.

Sie war bereits ein trüber klebriger Fleck geworden und der Junge schon gegangen, als ich noch einmal aufstand und aus dem Fenster sah. Tief unter mir, hinter den kahlen Ästen der Bäume, schimmerte dunkel der Fluß, als wäre er schön und nicht aus Wasser.

*I*ch betrachtete es nicht als Strafe, daß ich am Samstag nachmittag die Zehn-Kilometer-Runde laufen mußte. So blieben mir die Mädchen erspart, die sich beschwerten, daß sie eine Woche lang im Einer fahren und eine Krafteinheit zusätzlich absolvieren mußten. Sie saßen mit den Jungen in ihren stickigen Zimmern, während ich immerhin den Wald hatte. Vorne in meiner Windjacke steckte das blaue Buch. Meine lauten keuchenden Bewegungen verschreckten alle Gedanken. Ich dachte

an meine Glieder und die Rede des Verantwortlichen
für politische Erziehung. Ihm zufolge war ich für Wett-
kämpfe im Ausland ungeeignet, da man im Ausland
nur auf Fehler aus unseren Reihen warten würde. Für
Journalisten, die es nur darauf absahen, Schlechtes über
unser Land aus unseren eigenen Mündern zu erfahren,
wäre ich leichte Beute. Ich hatte gegen die Regel: Setze
die Führungs- und Leitungsqualitäten zu Trainings-
zwecken ein! verstoßen. Auf keinen Fall dürfe man
zulassen, daß Disziplinlosigkeit um sich griffe. Bei dieser Art Seuche, hatte er geschlossen, müsse man schnell
und durchgreifend handeln.

Wenn die Mädchen die Einer aus den Gestellen hoben,
wurden ihre Gesichter lang, und die Mundwinkel fielen herab. Im Vierer konnten sie die eigenen Blätter
wenigstens minutenlang mit dem Schwung der anderen
mittreiben lassen, denn die Kreismuster, die sie auf der
Wasseroberfläche zurückließen, waren genauso groß
und rund. Ob man die Muskeln anspannte oder nicht,
störte die schnell herauszuhebelnden Skulls nicht. Die
Einer jedoch waren verräterisch. Sie kippten sofort
und staksten nur langsam voran, von den Schreien des
Trainers begleitet. Diese galten von Zeit zu Zeit auch
mir, denn ich saß am Lenkrad des Motorbootes und
bemühte mich um gleichmäßige Fahrt. Doch immer
verfiel ich angesichts der Tropfenspuren auf der Scheibe
in Gedanken und preschte weit vor den Mädchen
davon. Wenn ich dann ruckartig den Hebel herunter-
riß, um zu verlangsamen, schlugen die Wellen in ihre
Boote, und der Trainer wurde in die Polster seines
Igelitsessels gedrückt. Dann wieder war ich zu lang-

sam, und wir schaukelten hinter ihnen her, bis ich erneut heranfuhr und uns auf gleiche Höhe brachte.

Es konnte an meinen Fahrkünsten liegen, daß der Trainer nicht nur nach fünf weiteren Stößen mit mir den Platz getauscht hatte, sondern auch einen anderen Vierer für die darauffolgenden Tage fand und so die herrliche Aussicht auf einen Winter fern vom Wasser zunichte machte für mich.

Immer noch war es kalt und doch zu warm. In den Nächten schlug eisiger Nieselregen an die Fenster, der morgens aus tiefhängenden Wolken nur noch vereinzeltes Tropfen war. Die Metallgestelle, in denen die Boote lagen, glitzerten feucht in der Morgendämmerung. Manchmal blieben die Finger daran haften. Die Mädchen befanden sich seit sieben Uhr auf den Liegebrettern im Kraftraum und schwitzten oder weinten in ihre Handtücher. Ich hatte nichts mehr entgegnen können, als sie mit jaulenden Lauten die Gewichte nicht mehr zu ihrer Brust ziehen wollten und sie schließlich fallen ließen auf die abgeschabten Matten unter ihnen. Ich hatte noch einmal je ein Kilo auf jede Seite gesteckt und dann vorgegeben, mich um das Ersatzboot kümmern zu müssen.

Es kostete mich einige Mühe, die große metallene Rolltür der Bootshalle aufzuschieben, in der ich mit einer Taschenlampe die Regale abzuleuchten begann. Außen drückte der Wind gegen die rostigen Wände. Als ich die Luftklappen des dunkelgrünen Bootes öffnete, das über Wochen ungefahren auf den Böcken in der Halle gelegen hatte, sah ich einen Teichmolch. Winterstarr saß er zwischen den muffigen Bugleisten. Ich nahm einen größeren Holzspan vom Boden und warf ihn zu ihm hinein. Stockend begann er mir entgegenzukriechen, als säße er seit Hunderten von Jahren dort und finge gerade erst an zu atmen. Bedächtig und müde schwenkte er seinen winzigen Kopf. Aber ich wußte schon, daß ich diese Geste als Aufforderung nehmen mußte, den Bewegungen und dieser Jahreszeit selbst ein Ende zu bereiten.

Daß ich in diesem Winter nicht zum ersten Mal schon nach den ersten Metern von einer Wellengruppe überspült wurde, lag nicht nur an den Böen, die aus dem rappligen Wasser Schaumkämme machten, sondern an der »Charlottenhof« und dem »Alten Fritz«, die das ganze Jahr über auf den eisfreien Havelseen fuhren. Sie waren heimtückisch, denn sie näherten sich trotz ihrer Größe fast lautlos. Erst in einiger Entfernung wuchsen die Wellen, die vorn an ihrem breiten Bug noch gar nicht zu erkennen waren. Wenn sie an uns vorbeizogen, war es meistens schon zu spät, um das Boot noch in einen spitzen Winkel zu ihnen zu stellen. Ich konnte nur noch die Augen schließen und mir die Fäustlinge auf die Ohren pressen. Dann versuchte ich in meiner Wasserschale ein Fisch zu werden, dem dieses flüssige Material gefallen konnte. Oder ich stellte mir vor, daß ich nur ein Kopf wäre, dessen Körper zu rein maschinellen Zwecken genutzt wurde und keine Sensoren auf der Haut trug. Stumm begann ich Lieder zu singen, denn bis zum Gemünde waren es noch fünfzehn Kilometer.

Dabei war es angenehmer, von einer Welle überrascht zu werden, als sie von weitem heranrollen zu sehen. Das hatte ich schon nach den ersten Tagen als

Steuerfrau gewußt, als ich das Boot noch stumm in großen Schleifen durch das blühende Wasser geführt hatte. Ich zog kräftig an den Seilchen, die straff gespannt links und rechts neben meinen Händen lagen. Verzweifelt schaute ich nach vorn und wieder auf die Welle, die weit hinten lässig herangeschaukelt kam, versuchte das Boot zu verschieben, es zu plazieren, ja sogar, mich luvwärts zu legen, obwohl ich bereits sah, daß sie ohne weiteres über die Holzreling schwappen und sich von dort durch den schon feuchten Stoff meiner kratzigen Trainingsjacke bis zu meiner Haut vorarbeiten würde. Sprang sie mir von hinten in den Nacken und den Mädchen über die Knie, saß ich zwar augenblicklich hellwach in meiner Nuß, hatte es aber schnell überstanden, während die Welle, schon klein geworden, bereits am Ufer zerlief.

Doch nun schien mir das Wasser fast wie eine frohe Ankündigung, auf einen nächsten Tag. Der Molch saß noch im Bug, verschlossen unter der Klappe im trockenen Raum. Tag oder Nacht spielten keine Rolle für ihn, er hielt die blinden Augen geschlossen.

Am darauffolgenden Morgen griffen die Mädchen schweigend in die Rollbahnverstrebungen und hoben das Boot über ihre Köpfe. Vorsichtig liefen wir über den Steg, auf dem sich über Nacht eine glatte Rauhreifschicht gebildet hatte – wie ein weißer unregelmäßiger Teppich lag sie auf den dunklen Planken –, und setzten den Vierer ins Wasser. Unter unseren Bewegungen schmatzte es gegen das Holz. Als die Mädchen ihre Schuhe auszogen und auf Zehenspitzen ins Boot stiegen, blieben ihre Socken bei jedem Schritt kleben.

Wir stießen uns ab, schabend mit den Blättern über den angefrorenen Steg, und ich sah, während wir uns entfernten, die zurückgebliebenen bunten Fasern auf der weißen Fläche. Daneben lagen die Turnschuhe, als stünden Menschen schweigend unter einer Tarnkappe und blickten uns nach, wie wir in der steifen, spiegligen Wasserlandschaft verschwanden. Ich dachte, daß die Havel auch der Styx sein konnte, denn wir durchquerten feuchte Nebelfelder in eine andere Welt.

Wie eine Genugtuung kam es mir diesmal vor, daß wir die Landschaft mit den Blättern und der Steuerflosse nicht nur ritzten, sondern tief aufschnitten. Wir holten sie aus ihrem Schlaf, um ihre glatte Haut, die in jeder Nacht wieder zusammenwuchs, zu zerstören. Ich schob den noch heißen Teekanister zwischen meine Schenkel und den Schal über das Kinn. Die Mädchen ließen das Boot nur zögerlich laufen, denn sie dachten, ich sähe in dieser Gräunis genausowenig wie sie. Wortlos waren sie sich einig geworden, daß mir selbst bei klarstem Wetter nicht zu trauen war. Dagegen wußte ich wenig einzuwenden:

Einmal war ich in eine Vogelinsel hineingefahren, weil ich die Augen geschlossen gehalten hatte. In der frühen Morgensonne, die flach über den See geschossen kam, war der Horizont ein Kaleidoskop geworden, das meine Lider zum Flattern gebracht hatte. Das ruhige Schieben der Rollsitze bewegte uns rasch vorwärts. Als ich Sekunden später die Augen kurz öffnete, streiften die Blätter schon das Schilf, das steuerbord lag und erst in den Tagen zuvor zu einem breiten Band geworden sein mußte. Und während ich noch über die Vielfalt der Bezeichnungen für Grüntöne bei anderen

Völkern nachdachte, mußte da, wo vorher nur Wasser gewesen war, plötzlich eine Insel entstanden sein, auf die unser schmales Boot mit dumpfem Geräusch auflief. Gleichzeitig mit einem Kommando, das es nicht mehr über meine Lippen schaffte, gruben sich die Skulls tief in den Schlick und rissen die Enden mit den Gummigriffen, die von den Händen der Mädchen noch umklammert waren, in die Höhe. Die Dollen sprangen auf und verbogen sich mit lautem Knirschen. Der Bugball vor mir hatte sich in ein Nest geschoben und lag dort wie ein weiteres Ei, während sein Bewohner, ein großer Schwan, auf die Bespannung vor mir sprang und seinen leuchtenden Schnabel in die Kunststoffhaut trieb. Rallen und Lietzen flogen auf und uns um die Ohren, andere bekamen nicht sofort den Kopf aus dem schlafenden Gefiederkörper, rollten im Schrecken zur Seite und von dort ins Wasser, wo sie mit panischem Flügelschlag davonruderten. Das Geschrei der Vögel vermischte sich schnell mit dem der Mädchen, die sich über die blutigen Fingerknöchel leckten. Ich schwieg und steckte unbemerkt eine große weiße Schwanenfeder unter meine Trainingsjacke. Vielleicht fehlte mir nur die richtige Ausrüstung, hatte ich gehofft, denn die Zeilen müßten aus dem passenden Gerät wie von selbst fließen.

Ein Seniorentrainer hatte uns später bei seiner Raucherpause etwas abseits der Fahrrinne entdeckt und abgeschleppt.

Noch immer hatte ich mit der großen Feder nichts in das Buch gebracht, sondern sie lediglich in einem ausgewaschenen Apfelmusglas auf mein Internatsregal gestellt, als wir wenige Wochen nach der Vogelbegegnung durch die Alte Fahrt gerudert waren, an der Freundschaftsinsel vorbei. Nur selten ließ uns der Trainer diese Route fahren, denn wegen der Grenze auf der Glienicker Brücke mußte man schon bald wieder umkehren. Auch hatte man in den befestigten Kanälen kaum mit Wellen zu tun wie auf den offenen Seen im Süden der Stadt. An jenem Morgen brannte die Sonne in die Gesichter der Mädchen, die das ganze Jahr über eine braune rissige Haut hatten. Ich lag in ihrem breiten Rückenschatten und beobachtete backbord einen Mann, der an den Ast eines Uferbaumes ein langes Seil mit einem Reifen daran gebunden hatte, mit dem er versuchte, weit bis in die Mitte des Flusses zu schwingen, um sich dort mit einem Absprung ins Wasser zu werfen.

Während ich mechanisch die langen rhythmischen Bewegungen der Mädchen kommentierte, sah ich links und rechts bemalte Wilde hinter den Büschen hervortreten, die uns, auf ihre langen Speere gestützt, aufmerksam mit den Augen verfolgten. Wir durften keine mißverständliche Regung machen, schließlich kamen wir in friedlicher Absicht. Als Mitglied einer Forschungsgruppe im Urwald hatte ich mir verschiedene Zeichen zu überlegen, die signalisieren konnten, daß wir auf die Hilfe der Eingeborenen angewiesen waren.

Längst hatten wir die Alte Fahrt passiert, längst waren auch die Gestalten aus meinem Blickfeld in das der Mädchen gerückt, die mit ihren blinden Körpern womöglich nicht auf sie achteten, sondern mit gesenkten Lidern auf ihre blasigen Hände schauten, die uns gleichmäßig von ihnen entfernten. Ich aber mußte Lösungen für den schwierigen Wasserfall, der auf unserer Strecke lag, finden. Sicher würden wir Flöße bauen und uns von Proviant und überflüssigem Gepäck trennen müssen. Vielleicht waren meine Augen aufgrund dieser Überlegungen so schmal geworden, daß die Brücke, die doch immer näher rückte, ein dünner Streifen am Horizont blieb. Ich war stumm geworden, und obwohl ich kurz darauf deutlich die schwarzgekleideten Posten erkannte, die ihre Maschinengewehre in die Vorrichtungen auf dem Brückengeländer legten, schwieg ich noch immer. Als ich meine Augen endlich weit aufriß, konnte ich schon so nah in ihre Gesichter blicken, daß ich kleine Schweißperlen auf ihren Stirnen sah, die nach drei weiteren Ruderschlägen direkt über mir sein und von dort in unser Boot fallen würden oder auf die gekrümmten Rücken der Mädchen.

Noch bevor ich den Vierer durch ein Kommando zum Stehen bringen konnte, übernahm einer der Grenzposten mit Hilfe eines Megaphons diese Aufgabe. Die Mädchen erschraken, als seine metallene Stimme aus dem Nichts über das Wasser bellte, und tauchten die Skulls tief in die Havel hinein. Kopflos stoppten und wendeten sie, die Holzblätter schlugen gegeneinander. Mit ein paar Sprintschlägen, als gälte es bei einem Wettkampf günstig vom Start wegzukommen, entfernten wir uns ruckartig von der unsichtbaren Wand, hinter der die Posten immer noch lauerten und bereits die Schule informierten.

An diesem Februarmorgen aber waren meine Augen offen, Sonne und Wilde diesmal nicht zu sehen. Weit schon hatten wir uns von dem Steg entfernt, auf dem auch die Turnschuhe inzwischen mit einer Reifschicht bedeckt sein mußten. Spiegelglatt lag der See unter der dicken feuchten Nebelmasse, die die Bojen erst drei, vier Meter vor uns freigab. Doch ich bewegte mich in dieser milchigen Landschaft wie in einem auswendig gelernten Labyrinth. Gleichmäßig ruhig schoben wir uns durch das morgendliche Grau. Obwohl ich nichts sah, wußte ich genau, wo wir uns befanden, und hielt mich dicht am Ufer. Und von dort aus spürte ich, wie der »Kleine Klaus« sich näherte. Winzig kleine Wellenhügel, die aus der Nebelwand herausliefen und einige Zentimeter vor mir am Bug zusammenfielen, kündigten ihn an. Ich atmete geräuschlos und sah so klar, als hätte ich mir eine Nebelbrille aufgesetzt. Denn nicht erst, als der »Kleine Klaus« ein dumpfes Signal ertönen ließ, erkannte ich seine Fahrt sicher, schon an den Luftbewegungen hatte ich gespürt, daß er backbord lag, und hatte nach backbord gesteuert. Phantasie und Zufall waren nicht im Spiel, als unser schmales Boot sich dem unsichtbaren Schiff näherte und nach ein paar weiteren Schlägen schon dicht am Rumpf des Weiße-Flotte-Dampfers vorbeigeschoben wurde, so dicht, bis der gewaltige hochgezogene Anker plötzlich über den Köpfen der Mädchen schwebte. Durch den Nebel sah ich, wie ich das Steuer, nun schon am Heck des Riesen, noch einmal herumriß, so daß sich die Backbordskulls ohne weiteres in der Schraube verfingen und augenblicklich zersplittert wurden. Das Boot kenterte sofort über die andere Seite. Da hatte ich mich aber schon aus dem Liegesitz herausgezogen und war absprungbereit. Nicht so die Mädchen, deren Füße fest in den Schnürschuhen auf den Stemmbrettern steckten. Ich sah: Das Boot lag mit dem Rumpf nach oben, und unten im

Wasser, unter der Nebelwand, saßen die Mädchen im Boot wie ein Spiegelbild, als wollten sie – eine stumm gewordene Galeere – ihre Berufung in die Unterwelt retten.

In meinem dichten Ölanzug konnte ich nur langsam davonschwimmen, jeder Zug war eine unerträgliche Anstrengung für meine dünnen Arme. Ich mußte sie schließlich ausbreiten, als ich in eine dichte Nebelschwade kam, und mich auf dem Rücken als leichter Ast vom Wasser treiben lassen. Und während der »Kleine Klaus« sich in die andere Richtung entfernte und noch einmal ein Signal abgab, das diesmal wie eine Aufforderung zum Einfinden der letzten Passagiere vor der Abfahrt klang, begann das Wasser in gleichmäßigen Tropfen über mein Gesicht zu perlen. Als fiele der Nebel herab, um unter den Fluß zu steigen, zog er mich in seine feuchte Wolke hinein. Meine Augen konnten geöffnet oder geschlossen sein, als etwas begann:

Laß den Salamander, in Stein
gehaunes Untier,
er sinkt zum Grund und anderes fällt mit.
Das braune Haar der Frau hängt noch
im Schilf, der Sumpf nimmt es nicht auf.
Um jeden Halm ist es
gewunden und blüht im nächsten Jahr.
Der Salamander irrt…

Schweigend trieb ich durch den Nebel, der sich an diesem Tag erst gegen neun Uhr dreißig aufzulösen begann.

Boulevard Lipscani Nr. 3

»*F*arin«, sagte ich, zögerte aber schon im gleichen Moment. Die Frau griff hinter sich ins Regal und reichte mir eine durchsichtige Tüte mit Puderzucker über die Theke. Ich schüttelte den Kopf und probierte es noch einmal, diesmal mit Hilfe eines Taschenwörterbuchs. Wortreich entschuldigte ich mich, um die Verkäuferin gnädig zu stimmen, und atmete erleichtert auf, als ich sie lächeln sah, vermutlich war dies ein Privatgeschäft. Vor Freude wurde ich sogar balkanisch und rief mit gespieltem Erstaunen, wie ich es oft hier gehört hatte: »Nein, făină!« und: »Was für ein Unterschied!« Die Frau griff wieder ins Regal, ich verbeugte mich wie ein Chinese, zahlte und ging.

Draußen stand frierend Crohn, der bereits mit den Karten für den Film wedelte und auf zwei zusammengerollte Hundeleiber über einem Gullideckel deutete.

»Siehst du«, sagte er.

Crohns Rätsel waren für mich nur selten zu lösen, deshalb sah ich weiter auf die abgewetzten Fellbündel, die unter dem Schnee, der gerade wieder zu fallen begann, bald verschwunden sein würden, und wartete ab. Ich nahm an seinen Gedanken teil wie an einem Experiment, dessen Zwischenergebnisse man gewissenhaft notiert, zu dessen Resultat, ja dem Zweck des Gesamtunternehmens überhaupt, man jedoch nur selten vorstieß.

Crohn sprach nicht langsam, nicht so, als müßte er die Bedeutung seiner Worte selbst erst beim Sprechen herausfinden.

»Hier werden zwei Hunde gleicher Größe vom Schnee befallen. Im Moment läßt es sich noch ungefähr sagen, wann der eine oder der andere von einer einzelnen Flocke getroffen wird. Bald aber wirst du über die große Anzahl Flocken, die irgendwann während des Schneefalls jeden der beiden Hunde trifft, keinerlei Aussage bezüglich ihres Landeortes mehr machen können. Und doch kann man ziemlich sicher sein, daß nach einer Stunde die beiden Hunde gleich bedeckt sind.«

Ich nickte.

Auch dieser Vorgang mußte etwas mit den Gedankenspielen zu tun haben, denen sich Crohn regelmäßig widmete, seitdem wir uns in der Fremde aufhielten und er auf der Suche nach der Weltformel war. Außerdem zwang er mich zu diesem Zweck, täglich mehrere Stunden mit ihm zu würfeln. Er trug die Spielergebnisse in Diagramme ein, die wir aneinanderhefteten, sobald ein nächstes Blatt mit Zahlen gefüllt war. So krochen sie als lange weiße Schlangen über unsere Zimmerwände. An den Bergen und Tälern wollte er ein Gesetz des Zufalls ablesen, das sich offenbar erst zeigen würde, wenn das Tier sich mehrfach gehäutet hätte.

Ich zog mir die dicken Fäustlinge über und warf einen Blick auf die stucküberzogene Fassade unseres Wohnhauses. Es war, als fiele ein trüber Schein aus einem der vielen Fensterchen, das unseres war oder ein anderes. Doch Schneefall und Laternenlicht konnten trügen, und Crohn, glücklich bei seinem Einfall, schob mich schon über die Straße in eine dunkle Gasse hinein.

Das Kino war nicht geheizt, und unser Atem dampfte in den eisigen Saal, in dem nur zwei oder drei Paare sich aneinanderdrückten. Viel Auswahl war uns nicht geblieben, denn die Filme mit Jackie Chan hatten wir alle schon gesehen. Dagegen war dies Hochkultur, wenn auch auf einer uralten Kopie, denn von Zeit zu Zeit überzogen dicke Blasen das Gesicht von Jean-Paul Belmondo, der Poiccard spielte. Als Poiccard sagte: Ich bin nicht gerade schön, aber ein guter Boxer, hörten wir, wie sich die Kinofrauen im Foyer stritten. Poiccard mimte die ganze Zeit über einen Gangster und hörte auch nicht auf damit, als man ihn erschoß. Poiccard hieß eigentlich Laszlo Kovacs.

Auf dem Nachhauseweg bewarfen Crohn und ich uns mit Schnee, der auf Papierkorbrändern oder Mauervorsprüngen lag. Er zerstob noch in der Luft und rieselte wirkungsvoll vor dem Gesicht des anderen zu Boden. Es war eines unserer Spiele und hieß: Wie Verliebte sind. Ein anderes hieß: Wie viele sind. Dazu hatte Crohn, seitdem wir in der Fremde waren, seinen Gehrock und den Spazierstock eingetauscht gegen eine Jeans und einen blauen Stoffbeutel, dessen Träger von der rechten Schulter quer über den Oberkörper zu seiner linken Hüfte liefen. Ich trug bisweilen sogar Hosen, an deren Seiten Taschen und Reißverschlüsse aufgenäht waren, und die Leute stießen sich an und zeigten mit Fingern auf mich, wenn ich mitten auf der Straße unterhalb des Knies in eine Öffnung griff und einen Fünfzigtausend-Lei-Schein zutage förderte, um eine Portion Schafskäse zu kaufen.

Manchmal lachten wir noch, wenn wir uns zufällig in einem Spiegel entdeckten. Die Fremde hatte uns sicher gemacht.

Vor unserem Haus grüßten wir den Soldaten, der das gegenüberliegende Ministerium bewachte. Er fragte nach Zigaretten. Ich bot ihm filterlose Carpați an, er lachte und lehnte ab.

Im Hausflur roch es nach Abfällen oder Urin. Das Licht brannte. Nie berührte ich das Geländer, sondern ging durch das alte Treppenhaus wie bei einer Spielshow, in der die Kandidaten mit einem Anzug ausgerüstet sind, der sofort ein Signal auslöst, streift der Teilnehmer unvorsichtigerweise die Wände des Schlauches, den er durchqueren muß, will er die Million gewinnen.

In Crohns Rücken hinein sagte ich mit Poiccardscher Stimme: »Alors, wenn ihr dieses Land nicht mögt, verpißt euch«, aber da hatte ich schon gemerkt, wie ein Zucken durch seinen Körper gegangen war und er wie durch Reflex die Hand nach mir ausstreckte. Ich schielte durch das Treppenhaus in die oberen Stockwerke und blickte in mehrere Frauengesichter. Das rundeste, unter dem kein Hals, aber ein riesiger Busen saß, der über das Geländer schwappte, gehörte Frau Grigorescu.

»Nein, Kinder, nein, nein, es ist ein Jammer. Ihr dürft nicht heraufkommen«, rief sie zu uns herunter.

Aber Crohn hetzte bereits die Treppen hinauf, und ich keuchte hinterher. Die Frauen standen stumm und verlegen neben uns, als wir die Reste unserer Wohnungstür betrachteten. Hier mußte jemand mit einem Morgenstern gearbeitet haben, denn die Holzleisten – herausgebrochen – türmten sich auf dem Abtreter zu einem ordentlichen Stapel Brennholz.

»Soll ich Feuer machen?« fragte ich Crohn, der schon in der Wohnung war und nun seinen Kopf von der anderen Seite der Tür durch das aufgerissene Loch steckte.

»Sie sind alle noch da, die Diagramme«, rief er fröhlich.

Frau Grigorescu schlug die Hände vors Gesicht: »Ach, Kinder, Kinder, faßt bloß nichts an, die Polizei muß doch gleich hier sein.«

Die Nachbarin, eine schwarzgekleidete Alte, krächzte eine Entschuldigung heraus: »Wissen Sie, ich habe doch gedacht, daß es zieht, so ein Krach, nein, verstehen Sie, wenn es zieht...« Sie tat, als zerspränge ihr Herz, und stützte sich auf einen Stuhl, den sie aus ihrer Wohnung mitgebracht hatte, für alle Fälle.

Ich lief bis in den ersten Stock hinunter und lehnte mich nun doch an die Wand. Ich fühlte mich plötzlich dem fetten schwarzen Käfer sehr nah, der oberhalb der Scheuerleiste von mir wegkroch, um in einem winzigen Spalt zu verschwinden.

Daß die Diagramme noch da waren, ließ mich an Gerechtigkeit glauben, denn wir waren inzwischen bei Partie 5024 angelangt, und es hatte sich noch immer kein Gesetz gezeigt. Nach Weltverständnis konnte man in unserer Wohnung nicht gesucht haben.

Crohn kam heruntergelaufen, strich mir kurz über das Haar und hielt mir eine Tablette hin oder vielmehr das, was davon noch übriggeblieben war. Da er darauf gewartet hatte, daß jemand kommen würde, hatte er die Tablette vor einigen Tagen ahnungsvoll unter den Teppich gleich hinter der Wohnungstür geschoben. Doch Sherlock Holmes' raffinierte Konstruktion war von einem Elefanten überrannt worden, während er mit einer winzigen Pinzette in seinem Lederhandschuh noch beim Kombinieren war.

Ich krümelte mir den Rest der Aspirin in den Mund, und Crohn war wieder auf dem Weg nach oben. Ich hörte, wie er Nachbarin Baladeanu zu ein paar Geständnissen brachte. Die Alte jammerte, ja, ja, Stimmen hätte sie wohl gehört, aber sie als alte, schwache Frau, nein, nein, eins übergebraten hätten sie ihr höchstens. Sie wollte, daß Crohn sie verstand. Sie hatte größte Angst davor, er könnte sie mit Schuld belasten. Durch das Geländer sah ich, wie sie sich in seinen Ärmel krallte:

»Sie hätten's doch auch so gemacht, auch so gemacht«, jammerte sie und ließ sich auf ihren Stuhl fallen.

Ein paar Tage zuvor hatte sie bei uns geklingelt und mir ein Tablett mit selbstgemachten Sarmale und gebackenes Brot in der Form eines Kreuzes in die Arme gedrückt.

»Es ist doch Feiertag«, hatte sie gesagt und dabei vorwurfsvoll und zugleich demütig geschaut. Crohn hatte uns als Protestanten ausgegeben, um die Atmosphäre im Haus nicht unnötig zu vergiften. So blieben die Blicke der Nachbarn mild und anerkennend. »Euer Mut!« sagten sie, und die Frauen schlugen sich auf ihre dicken Schenkel und riefen: »Kinder, nein, so was, was wollt ihr bloß in diesem Land.«

Als ich das Tablett am Abend zurückbrachte, war die Wohnungstür von Frau Baladeanu wie immer nur angelehnt, und als ich klopfend die Tür aufschob, stand sie weiter hinten am Fenster, und ihre Haltung wirkte sehr frisch für ihr Alter, das ich nicht kannte. Sie konnte vierzig, aber auch siebzig sein. Ihre Haare sahen aus, als wären sie mit einem Schlag so grau geworden, aber in ihren Augen blitzte es noch. So wie sie mußten jene Frauen sein, von denen die Kinder erzählten, sie hielten unter ihrer Matratze einen Goldklumpen versteckt, lebten schon immer allein, redeten manchmal wirr und wuschen sich nie.

Hinter der Tür war plötzlich ein Mann hervorgetreten, der zum Fenster ging und sich dicht neben Frau Baladeanu stellte, die seine Mutter war. Von dort berichtete er mir wie ein Geschichtenerzähler, daß sein weißer Dacia beim Marsch aufs Innenministerium ausgebrannt worden sei. Er stand hier oben und hätte mit ansehen müssen, wie Horden von Menschen auf seinen Wagen gestiegen wären, bevor sie einen Molotowcocktail durch die Heckscheibe geworfen hätten. Seine Schultern zuckten. »Aber den Conducător«, hatte seine Mutter greinend eingeworfen, »den hätten sie nicht umbringen dürfen. Es war doch Weihnachten.« Wenigstens hätten sie es im Winter neunundachtzig noch warm gehabt, denn die Gasleitungen waren mit denen vom Ministerium verbunden. Das lag so dicht, daß ich die Angestellten in den Büroräumen hinter den getönten Scheiben beobachten konnte, wenn Crohn und ich uns auf dem Sofa liebten.

*I*ch hatte zwei, drei Riesenkäfer auf dem kalten Stein-
fußboden unseres Hauses zertreten, als der Kommissar
und sein Begleiter die Treppen hochgeschnauft kamen.

»Sie sind aus Deutschland«, sagte er und stieg weiter an mir vorbei. »Ja, in Deutschland geht das alles ein
bißchen schneller, was«, lachte er dröhnend, nun schon
ein Stockwerk über mir. Ich sah auf meine Füße, spielte
verängstigte Ausländerin und trottete hinterher.

Auf der Hälfte blieb er stehen, hob die Arme und
rief den Frauen entgegen: »Aber was machen Sie auch
falsche Angaben, Bürgerinnen. Man hat uns in die
Dreizehn geschickt, da warten wir seit einer Stunde,
und nun ist es die Drei!«

Die Frauen rechtfertigten sich schnatternd und
wichen ehrfürchtig zurück, als der Kommissar auf dem
Treppenabsatz erschien. Nachdem er sich erkundigt
hatte, ob auch niemand etwas angefaßt hätte, schob er
mit seiner fleischigen Pranke die in den Angeln hängenden Reste der Wohnungstür auf und stieg bis zum
Wohnzimmer durch.

Die Diagramme waren nicht zu übersehen, und so
zögerte er kurz und blickte Crohn mit hochgezogenen
Augenbrauen an, der ihm erklärte, er sei Wissenschaftler.

»Ah«, machte der Kommissar und wiederholte auf
deutsch: »*Wissenschaft.* Hier kann man mit so etwas
nichts verdienen, wissen Sie. Die ganze Industrie, total
am Boden. Wir brauchen Hilfe aus dem Ausland, allein
schaffen wir's nicht.«

Sein Begleiter begann schweigend verschiedene
Utensilien aus einem kleinen Köfferchen auszupak-
ken.

»Ist ein schönes Land, Ihr Land«, sagte der Kommissar, während er sich die Einrichtung besah. »Wissen Sie, ich habe einen Neffen, der arbeitet in Rothenburg ob der Tauber. Kennen Sie das?« Crohn, der blasser geworden war, schüttelte den Kopf und erkundigte sich nach der Art der Arbeit.

»Ach«, sagte der Kommissar, »die jungen Leute, wer weiß das schon genau. Einmal war ich mit meiner Frau dort, und sie hat gestaunt über die sauberen Straßen und die Blumenkästen überall an den Fenstern.«

Ich war ins Nebenzimmer gegangen und fast über einen Beutel gestolpert, dessen Inhalt man über den Teppich verstreut hatte. Ich sah sofort, daß mein Verteidigungsmesser fehlte, das ich in einem Kino gefunden hatte und nie bei mir trug. Es hatte eine gebogene Klinge, so daß, zog man das Messer aus einem Körper zurück, die Wunde wie durch einen Widerhaken erst richtig aufgerissen wurde. Ich sagte nichts darüber, bedauerte nur, daß der Ring von Crohn verschwunden war. Die russische Armbanduhr, die ich abgelegt hatte, um meine Wäsche in einem Eimer zu waschen, war noch da.

Inzwischen hatte der Kommissar seine Wattejacke abgelegt, die Pelzmütze aber aufbehalten.

Ich sah stumm seinem Begleiter dabei zu, wie er die Klinken und Schranktüren mit einem in Manganpulver getauchten Schminkpinsel einstäubte.

»In Deutschland macht man das wohl nicht mehr so?« fragte er entschuldigend, während sein dicker Pinsel wie ein Rüssel über den am Boden liegenden Würfelbecher fuhr.

Ich ging hinüber zum Kommissar, der sich ein paar Photos ansah, die auf dem Tisch lagen. Crohn stand mit hängenden Armen daneben.

»Waren Sie schon in Mamaia, am Meer?« erkundigte er sich und beschrieb die Schönheit der fünfzig Hotels, die man in den Sand gestellt hatte. »Aber nichts für uns, heute können wir nicht mal mehr Urlaub im eigenen Land machen«, sagte er, setzte das Gesicht eines Geschundenen auf und zeigte seine leeren Hände.

Um bei den verbürgten Tatsachen zu bleiben, spielte ich radebrechendes Mädchen und sagte überdeutlich: »Es fehlt alles, was batteriebetrieben ist oder glitzert«, wobei ich den Pelzbemützten freundlich ansah. Der Kommissar reagierte nicht und stieg statt dessen auf den kleinen Balkon. Es waren hauptsächlich seine Fingerabdrücke, die sein Begleiter von den Gegenständen nahm.

Der Schnee, der auf der Brüstung lag, glitt hinab, als der Kommissar sich dagegen lehnte.

»Wissen Sie, ich habe einen Freund in Braunschweig, auch bei der Polizei. Was meinen Sie, was die für eine Ausrüstung haben, Funk in den Autos, die neuesten Geräte, und er verdient im Monat soviel wie wir im ganzen Jahr. Er fährt einen Audi Quattro. Was haben Sie für einen Wagen?« fragte er Crohn und schlug ihm – von Mann zu Mann – auf die Schulter. Ich mußte lachen, weil ich hörte, wie Crohn, der sonst nur Fahrrad fuhr, sagte: »Opel«, worauf der Kommissar die Belastbarkeit des Motors dieser Marke rühmte.

Ich hatte die Gelegenheit genutzt, um nachzusehen, ob das Monatsgehalt, das wir im Innenraum eines Klappsessels deponiert hatten, noch da war. Ich befühlte die zehn dicken Geldbündel und schob sie wieder an ihren Platz.

Als ich an Crohn vorbeistrich und ihm die frohe Botschaft zukommen ließ, bewies sich die Schnelligkeit des Verbrechensbekämpfers. Wie eine Großkatze sprang er in die Wohnung zurück und brüllte in die Möbel hinein: »Sie reden hier nicht deutsch, verstanden! In diesem Land und in meiner Anwesenheit halten Sie sich an unsere Sprache!« Wir duckten uns bei diesem Angriff und blickten überrascht in seine plötzlich funkelnden Augen.

Nun war der Rundgang des Kommissars beendet, und als sein Begleiter alles verstaut hatte, nahm er seine Jacke vom Sofa.

»Na, wenn so gut wie nichts fehlt«, sagte er und steuerte auf unsere Saloontür zu, die sich leise quietschend bewegte.

Von ungeahntem Wagemut befallen, ging ich in die Offensive.

»Wollen Sie vielleicht unsere Namen notieren für die Versicherung…«, rief ich mit dünnem Stimmchen in die Zugluft des Flurs und reichte ihm meinen Paß.

Er warf einen kurzen Blick hinein, und seine eben hart gewordenen Züge wurden zu Eis: »Ach, Sie kommen aus dem Osten«, sagte der Kommissar. Er war dicht vor uns stehen geblieben. »Sie wollen also eine Bestätigung des Einbruchs?«

Ich wagte ein Nicken.

»Sie sind zu Forschungszwecken hier?«

Ich zögerte. Crohn, der es verstand, in solchen Situationen den Eiermalern, wie er sie nannte, das Gefühl der Überlegenheit zu vermitteln, kam mir zuvor: »Selbstverständlich haben wir die nötigen Unterlagen, wenn Sie sich überzeugen wollen.«

Der Kommissar, der unter der Mütze gar nicht zu schwitzen schien, blickte in die Tapete hinein.

»Sie wissen«, sagte er nach einer Weile, »daß Sie illegal hier wohnen? Als Forscher müssen Sie in staatliche Internate oder ins Hotel. Auch Gastfamilien oder Forschungsheime kommen in Frage. Das Bußgeld für illegalen Aufenthalt in privat gemieteten Wohnungen beträgt zur Zeit zwei Millionen Lei. Wieviel war der Ring denn wert?«

Er war Crohn an meinem Finger, dachte ich, und Crohn sagte: »Auf Wiedersehen und vielen Dank für alles«, wobei er auch die Nachbarn, die inzwischen das Gewebe unserer Schlafsäcke auf dem Doppelbett gefühlt hatten, durch die Tür hinausdrängte. Dort banden der Kommissar und sein Begleiter schließlich die Pferde los und ritten davon.

Als sich die Hausbewohner schon zerstreut hatten, kehrte Frau Grigorescu noch einmal zurück und nahm Crohn beiseite. Sie tat, als fiele ihr das Flüstern, ja das Sprechen überhaupt, schwer. Dann sagte sie mühevoll: »Wirklich, was ich euch wirklich sagen muß«, sie holte tief Luft, »ich schäme mich wirklich, nein wirklich.« Und mit einer großen Geste legte sie sich die Hand über die Augen und wogte auf ihren dicken Füßen davon.

*I*n der Wohnung ging Crohn ans Bücherregal heran und entnahm Perecs »La Disparition« auf Seite 121 zwei Einhundertmarkscheine. Er lachte, faltete sie zusammen und steckte sie wieder ins Buch zurück, während ich im Zugfahrplan nach internationalen Verbindungen Ausschau hielt.

Den Rest des Abends half ich Crohn dabei, Ergebnisse von den Spielzetteln in die Diagramme zu übertragen. Wir schienen gerade eine Plateauphase gleicher Resultate überwunden zu haben. Schweigend hörten wir auf das schabende Geräusch der Tür und die Luftzüge im Flur. Ein Nachbar hatte sich bereit erklärt, seinen Bruder aus Pitești zu überreden, sie für einen kleinen Obolus in drei Tagen zu reparieren.

Wir standen lange in den Räumen herum, legten uns dann auf das Bett.

Ich wollte nicht schlafen, doch das Quietschen der Angeln schläferte mich ein, und ich sah, wie Frau Baladeanu ihren Fund in der Backröhre betrachtete und sich die Hände dabei rieb. All die Dinge zerschmolzen in ihrem Herd zu einer großen bunten Masse, die sie in unsere Wohnung warf, wo sie als leiser Ball entlangrollte, liegenblieb und schließlich in Tausende schillernde Käfer zersprang, die unsere Wände bedeckten.

Später in der Nacht weckte mich ein Geräusch, das kein Insektengetuschel war. Crohn stand am Bettende und hielt eine Säge in der Hand. Ich sah ihn an.

»Steh auf«, sagte er, »ich zersäge das Bett.«

Als ich mich in meinem Schlafsack wie in einer Tonne aufgerichtet hatte und darin zu Crohn hüpfte, sah ich, daß er die beiden Nachtschränkchen bereits zerlegt hatte und der Schreibtisch nicht mehr im Raum stand. Während Crohn schwitzend sägte, empfahl er mir, die Stehlampe und die Bilder hinunterzutragen und vor die Haustür zu stellen. Ich hatte selbst gespürt, daß es nur eine Lösung gab, und so befolgte ich seine Anweisung (auch weil ich ihn liebte).

Auf dem Rückweg begegnete ich Crohn, der beide Betthälften ganz allein nach unten schleppte. Und immer, wenn wir wieder herunterkamen mit nächsten Möbelstücken, war das, was wir gerade abgestellt hatten, schon verschwunden, so daß die Straße am Ende genauso leer war wie zuvor. Zuletzt ließ Crohn den geknüpften Teppich vom Balkon segeln und schickte auch die beiden Scheine hinterher, die doch erst durch ihn gerettet worden waren. Ruhig und sanft schaukelnd wie der Schnee, fielen sie auf den schwach beleuchteten Gehweg, auf dem die schlafenden Hunde im Traum leise knurrten.

Wir lächelten komplizenhaft und hauchten uns in die Hände, mit denen wir dann durch die Kahlheit des Raumes strichen. Die Matratzen lagen wie Flöße auf den nackten Dielen. Da lagen wir nun und schauten auf die Diagrammlandschaften an der Wand gegenüber, während draußen nichts geschah.

Und plötzlich richtete Crohn sich auf, ich folgte wie ein Schatten. Uns beiden brannten die Lider, und es war, als stockte uns der Atem.

»Siehst du«, flüsterte Crohn, und diesmal war es kein Rätsel, ich sah es so deutlich wie er. Erst jetzt, wo unsere Augen nicht mehr getrübt waren durch anderes, nicht mehr abgelenkt durch Formen und Farben, gingen die Linien gegenüber wie eine große Klarheit in uns ein. Die nackten Wände schälten es aus wie eine kostbare Frucht. Es war, als schraubte sich ein völlig neuer Aspekt desselben Bildes in unsere Augen. Nichts

anderes hatten wir sonst gesehen, und doch bloß die
Hülle. Hatten wir vorher nur die dicht beieinander-
liegenden Berge und Täler verglichen, die die verschiedenen Ergebnisse der Partien gebildet hatten, schien
es jetzt, als würde sich in ihrer Gesamtheit eine Wiederholung andeuten. Anfangs liefen die Täler sehr steil
abwärts und standen den Spitzen weit gegenüber, dann
verflachten die Kurven, eine hügelige Landschaft löste
die schroffen Klippen ab, um nun wieder hinunter- und
hinaufgezerrt zu werden. Aber war dies nicht eine Spie-
gelung, und deuteten nicht gerade die letzten Ergebnisse eine erneute Besänftigung an?

Doch ich hörte schon, daß Crohn den winzigen
Würfelbecher beschwörend wie zu einem magischen
Ritual in seiner Faust schüttelte, und seine Stimme
fragte in das helle Gemurmel hinein: »Was ist, fangen
wir an?«

Himmelfahrt

So sind die Peinlichkeiten dem Vater wenigstens erspart
geblieben. Und mir auch. Daß ich hätte mitansehen
müssen, wie er schnell wieder mit allem zurechtge-
kommen wäre. Schwamm da nicht der Vater auf dem
Wasser?

Jede Brücke, alle Brücken bringen mich dazu, mich
dicht am Geländer zu halten und meinen Blick in die
Fluten der großen und mittleren Flüsse hineinzuwer-
fen wie auch in die schmutzig-alten Bäche, die in jeder
Stadt liegen, immer verstopft. Und immer sehe ich
etwas vom Vater, wenn ich die Brücke schon fast verlassen habe, einen Arm, eine wie winkende Hand, ein
groteskes Knie. Und immer treibt er schnell unter
mir durch, ich muß mich beeilen, wenn ich ihm noch
hinterher sehen will. Ich renne zur anderen Seite der
Brücke, beuge mich weit über das Geländer, oft außer
Atem, doch er ist längst weitergetrieben, selbst da,
wo nichts treibt und Dosen, Schlamm und alte Sofas
das Ufer säumen und die Brücke so schmal scheint,
daß man mit zwei Schritten am gegenüberliegenden
Geländer ist.

Als der Anruf kam, war es spätester Nachmittag, ich hatte mit dem Finger über den Stadtplan einer europäischen Metropole gestrichen und an Zukunft gedacht. Ich verstand, daß er es war, der seine Stimme diesmal nicht verstellte und auch nicht im Kommandoton rief, ich solle kommen, er wäre soweit, ich wisse mit der Reserve Bescheid. Ich nahm den Hörer vom Ohr. Eine Verabschiedung zwischen uns.

Der Weg, der mit der Straßenbahn in das Neubaugebiet zurückzulegen war, bestand aus bloßem Schauen. Mühelos hielt ich den Kopf leer, reckte mich auch mehrere Male, als wäre ich interessiert am Tag. Am Kulturhaus stieg ich aus, ging zügig zwischen netzbehangenen Frauen und Männern mit Bierbüchsen auf den Hauseingang zu, fummelte den Schlüssel heraus, den ich bei mir tragen sollte, seitdem er den Entschluß gefaßt und mich um Teilnahme gebeten hatte, und stieg ein. Das steinige Treppenhaus mit Blümchentapete und blassen Hydropflanzen stimmte mich zuversichtlich: Womöglich war alles schon passiert, und ich kam wie geplant nur zum Feststellen eines Zustandes. Das Eintragen eines Körpers in ein Nummernbuch.

In der Wohnung oben erwartete mich dann kein Chaos oder Spektakel, nicht einmal ein seltsam zitternder Vater, der Mut nicht kannte und mich um Entscheidung anflehte. Ich merkte gleich, daß ich zu spät, das heißt: zum richtigen Zeitpunkt gekommen war.

Hinter der Wohnungstür blieb ich stehen, weil ich das nicht sofort abschreiten wollte, und schaute in den Innenhof hinunter auf wieder andere Fenster. Das Zentrum des Hofes bildeten zwei kleine Triumphbögen als Klettermöglichkeit, die man in alten Sand gesteckt

hatte. Keiner der Baumstengel war hier mit den Jahren
größer gewachsen, das Gras war aus den schmutzigen
Erdhügeln nie gekommen, weil man mit der Innenhof-
gestaltung erst nach Einzug begonnen hatte. Da aber
hatten die hundert Kinder schon ihre Fahrrad-, Schlit-
ten- und Wagenspuren eingegraben. Wenn ich mich
wegdrehte, würde ich bis zum anderen Ende der Wohnung, also wieder durch Glas, sehen können. Jahrhun-
derterfahrung. Diese Wohnungen – Riesenradgondeln,
immer ging der Blick von links nach rechts wieder
in die Luft, sagte ich in den Flur hinein. Gleichzeitig
fiel mir ein, daß mein Vater gesagt hatte, man wolle
Kanäle zwischen die neugebauten Häuser leiten, darüber Brückchen und kleine Stege an Seen gelegt, Tei-
che mit Schilf, runde Inseln inmitten der Blocks, die
bekämen Farbe dadurch, und daß alles wieder nicht
gereicht hatte, als wir angekommen waren.

Diese Gondel schaukelte bedenklich. Jemand hatte
das Rad angehalten. Nach erst kurzer Fahrt, der höchste Punkt war zweifellos noch weit, doch das Gondel-
dach schirmte meinen Blick. So mußte ich mich fügen,
abwarten, weil vielleicht Leute zustiegen, oder es war
reine Schadenfreude für den Betreiber, mit einem Ruck
den Hebel im Schalthäuschen zu sich heranzuziehen
und sich an meinem beunruhigten Gesicht zu begeistern. Denn beunruhigter war es jetzt, wo ich keiner
Spur folgte und doch gleich in den richtigen Raum trat,
keinem Faden nach. Ich sah nicht viel und eher wie
nebenbei, daß er weiter hinten lag. Das Stück Raum
zwischen uns. Ich strich an Möbeln vorbei, still und
steif, wenn all das mit dem Vater vermoderte, was sollte
ich hier greifen? In der Schrankwand neben mir tauchte

ein Spruch auf, gedruckt in altdeutscher Schrift, den ich vorher nie gesehen hatte, in einem Rahmen gegen eine detailgetreue Plastikpanzernachbildung gelehnt. Mühelos las ich:

Bedenke dieses immer: keine Last ist schlimmer
als jene leere Last, da du nichts zu tragen hast.

Doch ich mußte weiter, zusehen, wie das Vorhaben des Vaters sich erfüllt hatte, die Liste wahrer Kuriositäten käme später. Dennoch hörte ich noch eine Weile in den Raum hinein, denn Angst hatte ich vor einem Erschrecken, ich wollte nicht peinlich-beschämt dastehen, wenn alles nur ein Scherz wäre. Er könnte mich ängstlich sehen. Ich tat, als rechnete ich damit, daß er aufspringen würde. Mich getestet zu haben, würde er rufen, wäre der größte Sieg. Das aber war Phantasie, so stellte ich ihn mir vielleicht vor, mit einem Humor, der uns zu Verbündeten machte und den Erschreckten trösten konnte.

Und doch hatte ich noch weniger Freude bei dem Gedanken, er könnte es nicht geschafft haben, nur halbmatt daliegen und mir den endgültigen Auftrag zuraunen, die Lösung mir zuschieben: Parole Brunnenbau! Ich hatte keine andere Version, meine Taschen waren leer, Hilfsmittel nicht in Reichweite. Ich konnte nur hoffen, er wäre fertig mit diesem Manöver, für das er eine Ordnung im Raum geschaffen hatte, die den graugestapelten Einheitshemden – von ihm selbst gebügelt – im Schrank entsprach. Dies auch meine Ordnung: War er nicht einmal spät nach Dienstschluß mit einem einzigartigen Pistolenkoppel in mein Zimmer gekommen, und hatte ich mich nicht über das Gewicht der Waffe gewundert. Ich wollte immer, daß

47

er sagte, worin er besser sei, in Pistole oder MG, obwohl ich es doch schon wußte. Aber es war das Höchste und wie ein Geflunker, wenn er zugab, daß er in irgend etwas nicht gut war. Ich hatte von Ferne den beruhigenden Schützenlärm vom Übungsplatz gehört, der lag hinter der Schule. Und hatte ich in jener Nacht nicht auch gejubelt, als er mir im Dunkeln berichtete, er hätte die Soldaten eben zu einer Ordnung aufrufen müssen, die seine Tochter schon längst begriffen hatte. Und als er dann in die Wohnung zurückgegangen war, hatte ich unter meinem Bett nach dem von mir heimlich mit Notbekleidung, Büchern und Photos gepackten Köfferchen für den Fall eines Angriffs getastet.

Und hier fiel er jetzt sofort auf, weil seine Beine unordentlich hinter dem Sessel in den Raum hineinragten. Wie weit hatte man sich zu überzeugen? Mit einem halb lebenden Körper wollte ich nichts zu tun haben. Während ich mich dem Sessel näherte, schaute ich an der Bücherwand entlang. An verschiedenen Nachmittagen war ich fasziniert vom Ekel vor dem Menschen erstarrt, hatte die dunklen Bildbände mit Hilfe einer Fußbank aber wieder eingereiht.

Also schauen, nicht schauen, wegschauen, zählte ich, zupfte an einer Pflanze und befürchtete eine Fratze. Die Gondel ruckte an, ich griff nach dem Sessel, wollte nicht hintenüberfallen, die Brüstung war so niedrig, doch vorerst kamen wir nur ein kurzes Stück weiter, immer noch in der Luft schaukelnd und doch schon dem Platz mit der besten Aussicht sehr nah. Da unten fuhr klein die Straßenbahn, und auf der anderen Seite kreischten Kinder wie Katzen. Solche Geräusche, das war klar, blieben an Beton haften.

Mir aber erschwerte offenbar nichts diese Fahrt. Ruhig lag er da. Mein Blick reichte, rasch ging ich wieder an den Büchern entlang zurück. Da stand jedesmal etwas anderes, auch eine Photographie aus merkwürdiger Zeit: ich mit einem falschen Haarschnitt auf seinem Arm, er in seiner Montur bei einer Auszeichnungsveranstaltung. Wer von uns beiden belobigt wurde, konnte ich nicht sagen. Mein siebenjähriger Zeigefinger hing an seinen Epauletten und zählte wohl insgeheim die Sterne darauf, immer in Erwartung, es käme endlich noch einer und dann vielleicht noch einer dazu. Denn nur mit drei goldenen Sternen und dickem silbergeflochtenen Band würden wir im Ferienheim in den obersten Stock kommen. Da lag Teppich, und Fernseher gab es in jedem Zimmer. Aber auch ohne drei Sterne und silbernes Band hatte er es geschafft, auf einem Teppich in Reichweite eines Fernsehers zu sterben. Ich war zur Überprüfung, zur Eintragung des Fundes gekommen. Ich wollte, daß sein Tod sein Tod blieb, und saß doch fest in dieser Gondel, die immer noch sacht wippte. Unten Musik und Zuckerwatte, und hier hatte die Fahrt einem Menschen die Luft genommen. Zu dünne Luft, rief ich vorsichtig in Richtung Erde. Gab es noch medizinische Hilfe für diesen Fall? Daß ich ihm geraten hatte, war eine andere Sache. Meine Bodenlosigkeit war es, jemanden zu testen, mit der Freiheit eines schmalen Röhrchens Chemie im Bad leben zu können. Nur der war groß, der das Leben von sich weisen konnte, wie man eine Wahl an der Theke trifft. Für einen zweiten bin ich nicht verantwortlich, hatte ich doziert, jeder wird zusehen müssen. Damit ich weiter meinen klebrigen Kinderfinger an seiner

Schulter lassen könnte, hatte ich, der Hund, im Schlaf gebettelt und dann nichts weiter darüber gesagt.

Und nun: welch vernünftige Entscheidung dieser Körper hier, so kontrollierbar. Er war statistisch zu erfassen, und eine unschöne Vermischung vieler Tatsachen blieb uns so erspart. Womöglich war ich die letzte meiner Spezies, die solche Funde noch machte. Genau wie die Erfahrung, daß das Schweigen von Leichen ein Laut war. Ich merkte es an dem Ton, der jetzt durch die Wohnung auf mich zurollte, vom Sessel weg hin zu mir in die Eßecke. Doch es war nur das unbehagliche Schwingen des Magens bei der Abfahrt der Gondel, wenn der höchste Punkt passiert ist und es wieder nach unten geht, die Geschwindigkeit noch einmal zunimmt.

Ich ging zwischen den Wänden bis zum Flur. Im Türrahmen blieb ich stehen, unterdrückte ein Gähnen, ich durfte nicht übertreiben. Eine Angemessenheit in dieser Situation, Zeremonien wollte ich vermeiden. Sollten nächste etwas mitnehmen von hier oder retten, ich wollte nicht ewig warten.

Die Gondel würde irgendwann halten, ich herausspringen, rufen: ein Besoffener, und für den Schausteller beiläufig mit dem Daumen über die Schulter auf den reglosen Körper deuten. Dann hinter der nächsten Pufferbude verschwinden. Der letzte Blick war ohnehin ein anderer gewesen. Zeit war es geworden, ich wollte ihn nicht in rosafarbener Kleidung sehen wie manche andere, für die eine Uniform ein Zwang war und die sie nicht wie er als Haut trugen. Von dieser Art waren nun zwei hinter dem Sessel hervorstehende Beine geblieben. Der Rest hinter braunem Leder. War es Umsicht, mir seinen Tod nicht frontal ins Gesicht zu werfen? Mußte ich dankbar dafür sein? Vom Flur aus sah ich erst jetzt, daß ein einzelner Hausschuh ein Stück von dem Stilleben mit Sessel und Bein entfernt lag. Ich stellte mir weiße Kreidelinien vor, die die polizeilichen Behörden um seinen Körper malen würden. Der einzelne Hausschuh, würde man auch einen weißen Kreis um den einzelnen Hausschuh machen? Ich schwieg und stand neben den hohen schwarzen Lederstiefeln im Flur, für die er immer einen Stiefelknecht gebraucht hatte. Ich wollte nicht gelangweilt wirken, nie hatte ich mich gelangweilt, wenn er gesprochen hatte, mit lauter Stimme erklären konnte. Wann die Welt entstanden war und wie sie bald sein würde, warum es wichtig war, so zu leben und nicht anders, und ich hatte das Leben ernsthaft federleicht gefunden. So einfach war die Welt: Wenn ich groß, größer, am größten werde, will ich so sein, wie ich schon bin durch dich. Und alle Tage sah ich in den Atlas auf die roten fernen Flecken, die ich kennenlernen durfte. Jeweils einen auf jedem Kontinent. Was für ein Glück, daß sich alles so herrlich verteilt hatte in der Welt. Ich würde mongolische Wildpferde genau wie vietnamesische Reisbauern sehen und mit einem Schiff über den Atlantischen Ozean zum Rohrzucker reisen.

Die Gondel hielt noch einmal, die Entscheidung zu einer nächsten Runde stand aus. Den Rohrzucker wollte ich nicht sehen. Nicht mehr. Ihm war er auch egal geworden. Zu lange hatte er in dieser Wohnung gesessen, die mit der Zeit immer kleiner und sauberer geworden war. Bis auf die Abende Anfang März und im Herbst, wenn eingeladen wurde und sich die Runde traf. Aus den Eingängen der Nachbarhäuser kamen Männchen mit roten Nasen, Schweinsäuglein, Glatzen und dicken Bäuchen, um die sie sich das Koppel gezurrt hatten, immer ein Loch weiter beim darauffolgenden Mal. Karneval im März und Herbst. Sie holten kichernd Jacken, Orden, Mützen, Helme aus Tüten und bunten Beuteln, taten, als lachten sie über sich selbst und diesen Heidenspaß. Sie machten Meldung, bevor sie ins Wohnzimmer eintraten – immer meinem Vater –, und wanderten im Gleichschritt zur Sitzecke. Einmal hatte einer bei der Ausführung des Stechschritts einen Stuhl umgerissen, der ins Aquarium gekracht war. Die Guppys hatten auf dem Teppich gezappelt und später in die Cognacgläser gepaßt. Ansonsten herrschte feierliche Ordnung bei diesen Runden. Mit hochroten Gesichtern erzählten sie sich, daß die Truppen binnen fünfundzwanzig Minuten gefechtsbereit gewesen waren, währenddessen die Generäle von drüben in ihren Wochenendhäusern den Angriff verschnarchten. Längst hätte man in Helmstedt gestanden, wenn sich der verweichlichte Soldat da drüben noch seine warme Unterhose über die Hüften zog, Braunschweig wäre bereits überrollt gewesen, wenn einem die verdutzten Reservisten aus den Dörfern in ihren schicken Wagen erst entgegengefahren kamen, und an der Ems wäre alles bereits gelaufen, noch bevor sich eine nennenswerte Abwehr hätte bilden können. Immer haben wir damit gerechnet und nun – alles für die Katz, Katz, Katz. Jammert nicht, unsere Zeit kommt.

Ich mußte raus aus der Wohnung. Mein Vater, das Beispiel, lag immer noch da mit einem Hausschuh am Fuß. Es war unangenehm, daß man ihn irgendwann mit diesen lächerlichen Schuhen entdecken würde. Also ging ich noch einmal hinein in das Zimmer, zog wie beim Mikado den einzelnen Hausschuh zurück und warf ihn in den Flur hinaus. Ein vorsichtiges Heranschleichen und dann ein heftiger Vorstoß, man mußte schneller sein, als die Stäbchen zittern konnten. Der andere Hausschuh, noch am Fuß, holte mich in die Schwierigkeit zurück, mit einem Körper in Berührung zu kommen, den ich doch schon losgeworden war. Hatte ich ihn nicht schon aus der Gondel geworfen ganz oben und mich dann auf ihren Boden gesetzt, als wäre er gestürzt, und war nicht mein Haar nur über die Brüstung geweht. Ich wollte nach unten gefahren werden, dann erschrocken herausspringen, mich in die Masse derjenigen wühlen, die den Gestürzten beäugten, und wie alle nur schauen. Doch ich hatte mich geirrt. Nichts war über die Gondelreling geflogen. Alles lag noch an Ort und Stelle, und ich wollte das Bild eines Verwandten richten. Es wäre nicht umsonst. Obwohl ich nach dieser Fahrt nicht mehr wußte, auf welche Art. Einen fremden Menschen ohne Lebensabend wollte ich, dessen Blut dicker oder dünner war als meins. Den, der sich im Schrebergarten, dem abgezirkelten Rasenstück mit Laube, unter der Pumpe die Hände wusch und immer in den Apparat lachte. Weiter vorn ich mit einem Rhabarberblatt auf dem Kopf inszeniert. Der alle begeisterte, bis ich nicht mehr konnte. Jeder Abschnitt hat seine Farbe, hatte er gesagt, alles schon das Leben. Aber er hatte es lange wiederholt, so lange, bis ich befürchtete, er könne alles ertragen und dulden und sich am Ende einrichten in diesem Spruch. Aber so war es nicht, und ich war froh, denn ein Vater, der die Zeiten überdauerte, wäre mir bis über die Augen gestiegen.

Ich ging nah an ihn heran und stellte mich darauf ein, die Form seines Fußes zu spüren. Ich setzte mich so vor den Sessel, daß ich seinen Körper oberhalb der Knie nicht sehen mußte, und zog den Schuh an der Spitze nach oben. Die Arbeit an einem Ast, den man entblättert. Der Schuh löste sich, wenn auch das Bein einige Zentimeter in seine Richtung mitkam, um mit dumpfem Ton wieder auf den Teppich zurückzufallen. Ich zuckte zusammen, es war auch mein Schmerz am Fuß.

Danach war alles getan. Ich konnte mich zurücklehnen, die Bude schließen.

Daß die Geschichte ihren eigenen Lauf nehmen würde, ein Vater tun und lassen konnte, was er wollte, hier liegen oder dort, ich ihn mir würde aussuchen können, wie er war, was für ein herrlicher Ausgang. Ich dachte im Überschwang an viele Vätervarianten, die ich gern kennengelernt hätte, nur um mich wieder von ihnen zu lösen. Aus Entdeckerlust strich ich noch einmal durch die Räume, öffnete auch die Tür zum gut gekühlten Schlafzimmer und dort den Kleiderschrank, kramte zwischen den aufgehängten Hemden und Jakken und fand nichts, was er war. Seine nun ordenlose Jacke steckte unter einer durchsichtigen Reinigungshülle. In einem Seitenkästchen an der Innentür fand ich Manschetten mit einer winzigen Abbildung darauf: Zwischen schmalen Eichenlaubblättern war eine Miniaturmaschinenpistole mit aufgepflanztem Bajonett zu erkennen, an deren Lauf sich die mit bloßem Auge kaum zu lesende Inschrift »Bester« befand. Die steckte ich ein und griff beim Schließen noch einen schwarzen Illusionsschlips, der schon gebunden und nur durch ein Gummiband um den Hals zu befestigen war. Mut zur Mode würde morgen geflüstert werden, Mut zur Mode immerhin, und ich, die Trägerin, werde zwischen ihnen gehen, kläglich unerkannt.

Ich mußte plötzlich in die Tapete greifen, hielt mich dort fest, denn die Gondel setzte auf. Alles noch Sicherheitsbereich, bitte warten. Auf dem Flur nahm ich ein größeres Photo von der Wand, mein fünfjähriger Vater, positioniert vor einem Buch, auch er mit falschem Haarschnitt, schlug es aus dem Rahmen und versuchte es zusammenzulegen. Ich dachte, daß man sich so verhielt. Das Photo ließ sich nur umständlich falten, das grobe Papier sprang an den Knickstellen auf, und es blieben weiße Streifen. Ich steckte es in die Innentasche meiner Jacke, wo es sperrig lag und gegen meine Brust drückte.

Noch im Treppenhaus blieb ich stehen, nachdem ich, alle Stufen auf einmal nehmend, hinuntergestürzt war, die Schuhe wie das abgelaufene Ticket in der Hand für den Müll bestimmt. Hinter den Straßenbahngleisen, sah ich, bewegten sich die Bäume, als läge etwas in der Luft.

Mein Vater, der Vogel, der schon bald zum Fisch werden sollte.

Im Delta

»Gerechtigkeit und Solidarität setzen sich nicht allein mit Hilfe des Marktes durch, sondern erst im Ergebnis politischen Handelns. Der moderne Sozialstaat ist ein Produkt dieser Gewaltenteilung zwischen Ökonomie und Politik«, schloß ich meinen Vortrag und ordnete die beschriebenen Blätter vor mir zurück in die Mappe.

Der ehemalige Vorsitzende der nun geschlossenen Fischerei-Kooperative, der sich wie alle Männer leicht gebeugt und mit Handkuß vorgestellt hatte – »Zamfir«, hatte er mich lächelnd begrüßt –, stand auf und bedankte sich bei mir und den Zuhörern. Die Zuhörer waren die Sekretärin aus dem Partnerschaftsbüro, ein weiterer Angestellter mit einem großen Schlüsselbund in der Hand, ein österreichisches Studentenpärchen und der Mann, der für die Wartung des Leuchtturms und des Administrationsgebäudes zuständig war, in dem wir saßen. Da es keine weiteren Fragen gab und die Sekretärin an die Mittagspause erinnerte, schlug Herr Zamfir vor, ins Sulina zu gehen.

Auf dem kleinen Vorplatz bewarfen sich ein paar Kinder mit den schmutzigen Resten der Blätter, auf denen mein Vortrag »Der steinige Weg nach Europa«

angekündigt worden war. Der Seewind hatte sie von der Hausmauer auf die Erde befördert, wo sie in den trotz der Hitze feucht gebliebenen Spalten zwischen den Betonbohlen steckengeblieben waren. Der ehemalige Kooperative-Vorsitzende schimpfte eine Weile auf das zuständige Kreisamt in Tulcea, das ihm schon vor Monaten einen Schaukasten angekündigt hatte, der hier in Sulina aber nie angekommen war, schickte den Leuchtturmmann zum Aufsammeln der Fetzen und verabschiedete die übrigen.

Der Weg durch das Dorf.

Das Mütterchen mit dem Korb Kohlköpfen vor sich saß noch immer an derselben Stelle der ungepflasterten Straße, an der es auch morgens schon gesessen hatte, als ich das Schnellboot statt des Fährdampfers genommen hatte und viel zu früh angekommen war. Auf der Suche nach dem einzigen Hotel war ich einem Schild gefolgt, das mich zwischen die niedrigen Holzhäuser hinter der Kaistraße geschickt hatte. Hier fand sich kein Hinweis mehr, und so war ich weitergegangen in Richtung alte Schiffswerft. An einem kleinen Wiesenstück mit angepflockter Ziege darauf war mir ein bärtiger Tourist mit großem Rucksack entgegengekommen, den ich schon auf dem Boot gesehen hatte. Er hatte mich auf englisch nach dem Hotel Sulina gefragt, und ich sah, daß auf seiner Mütze *Sydney says hello* stand. Wir waren schulterzuckend weitergegangen, aneinander vorbei, jeder in die Richtung, aus der der andere gekommen war, bis wir uns nach wenigen Minuten wiederbegegnet waren. Verlegen hatten wir uns noch einmal gegrüßt, und als der Australier hinter einem der mit hohem Schilf umzäunten Gärten verschwunden war, hatte ich einen schmalen Weg neben einer Baugrube gewählt. Er endete in einer Tannengruppe, hinter der das Hotel lag. Ich hatte eine Weile in der stillen Eingangshalle des zweistöckigen Neubaus gewartet, denn die Frau von der Rezeption lag gerade quer über dem Billardtisch und war dabei, die Acht zu versenken. Während sie den Queue durch ihre Finger gleiten ließ und zielte, hatte sie mir ohne aufzusehen zugerufen, daß Zimmer nicht mehr zu haben seien. Ein Kellner, der mit weißem Hemd und Fliege daneben stand und unablässig mit der Kreide über seinen Queue wischte, hatte zur Bestätigung genickt. Als die Kugeln nach einem erfolgreichen Stoß des Kellners aus dem Tischbauch gepoltert und von den beiden für eine neue Partie in dem Dreieck ordnungsgemäß verteilt waren, hatte ich das Sulina leise verlassen.

»Wenn Sie Glück haben, sehen Sie morgen Pelikane«, sagte Herr Zamfir jetzt, während wir aus dem Staub in das kleine Lokal traten. »Die Außenstation, die früher zur Kooperative gehörte, liegt direkt im Delta hinter einem der großen Seen. Auf dem Weg dorthin könnten wir welche erwischen.« Eine Außenstation. Ich hatte schon in Constanţa Fischfabriken besichtigt, ehemalige und wieder in Betrieb genommene, war durch gekachelte und mit Gullis versehene Hallen gewandert, hatte geräucherten und rohen Fisch gekostet und mir verschiedene Entschuppungs- und Verarbeitungsverfahren erklären lassen. Meinen Bericht darüber hatte ich wenige Tage zuvor bereits abgeschickt. Und obwohl mir jetzt Vögel, ob lang- oder kurzschnäblig, lieber gewesen wären als die Kooperative und ihr potentiel-

ler Wirtschaftswert in der östlichsten Stadt des Donau-
deltas, erfragte ich auch diese Daten. Die Wörter in
der fremden Sprache schwammen mir inzwischen nicht
mehr im Mund herum wie Kaulquappen, sondern hatten sich mit den Monaten schwer an meine Zunge
geheftet. Nur hin und wieder, wenn es um ausgefalle-
nen Fisch ging oder uraltes Werkzeug, begannen wir
zu zeichnen und zu gestikulieren. Herr Zamfir warf
dann ein paar deutsche Brocken auf den Tisch, die
uns nicht weiterhalfen, dafür aber seiner Sympathie für
mein Land Nachdruck verleihen sollten.

Später, während der Wirt uns Ciorba servierte,
erklärte Herr Zamfir mir die Gesetze des Deltas. Der
Sulinaarm, an dessen Ende wir saßen, war der Haupt-
schiffahrtsweg für Hochseedampfer, die bis Tulcea fuhren. Denn er führte geradewegs ins Meer, nicht wie
die anderen großen Arme, die sich in tausend Win-
dungen – Herr Zamfir malte sie mit dem Löffel in die
Luft – viel Zeit nahmen, bis sie sich entschließen konnten, endlich in ihr Ziel zu fließen. Die unzähligen Schilf-
inseln dazwischen teilten und vereinigten sich ständig
neu, so daß es keine Karten vom Delta gab und Touristen in Paddelbooten hoffnungslos verloren waren. Hin
und wieder mußte jemand aus einer Schlingpflanzen-
kolonie gezogen werden. »Vorausgesetzt, seine Schreie
sind zu hören«, fügte der Wirt, der am Nebentisch
zugehört hatte, grimmig an.

Das Übernachtungsproblem löste Herr Zamfir,
indem er mich bei einer der Frauen einquartierte, die
im Sulina saßen und sich freuten, wenn jemand kam,
der Geld mitbrachte. Als sie hörten, daß mich eine
Organisation aus Europa mit einem Auftrag hierher

geschickt hatte, schlugen sie sich die Hände auf die Wangen. Dann sagten sie, daß das Delta die schönste Gegend sei, die sie kannten. Niemand würde von hier fortwollen, auch jetzt nicht, wo fast alles dichtgemacht hatte. Ihr ganzes Leben hatten sie hier verbracht und tauschten nun mit Honig, Eiern oder Kaninchen, anstatt wie früher Fischbäuche aufzuschlitzen für ein festes Gehalt. »Viorica ist gut dran«, sagten sie, »ihr Schwager hat eine Bootstankstelle unten in Murighiol.«

*D*en Nachmittag verbrachte ich damit, mir den Ort im noch unbenutzten Reiseführer anzusehen. Ich las ein paar Sätze über die pfeilgerade Küste zwischen Sfîntu Gheorghe und Sulina, für die man zwei Tage brauchte, wenn man sie erwandern wollte. Als die Tochter der Frau vom Spielen nach oben kam und um ein Wurstbrot bat, verließ ich die kleine Wohnung und ging unentschlossen zwischen den Häusern umher.

Der Weg aus dem Dorf hinaus war auch der Weg zum Friedhof. Die Toten blickten dorthin, von wo sie gekommen waren: aufs Meer. Das hatte ihre auf dem ausgetrockneten Gras verstreuten Grabsteine rauh werden lassen und sie mit einer bröckeligen Salzkruste überzogen. Ich sah mir die in den Stein eingelassenen Photos an, kleine Ovale, die Männer und manchmal auch deren Ehefrauen zeigten. Italiener, Türken, Portugiesen, Engländer, die es aus der Deltamündung heraus oder in sie hinein nicht geschafft hatten und von Stürmen oder Sogwirbeln über die Reling und schließlich an den Strand von Sulina gespült worden waren, Matrosen und Händler gleichermaßen. Ernst blickten sie, die meisten von ihnen schnauzbärtig, in die Kamera, im schwarzen Frack oder Anzügen, daneben die Frauen, deren dunkle Augen eng standen. Sie hatten sich an den Schößen ihrer Männer immer noch festgehalten, als diese schon in der See trieben, vor hundert Jahren, hatten ihre Hände in die Kleidung gegraben, um nicht verlorenzugehen und mit ihnen an Land eingesammelt zu werden. Jetzt huschten über ihre Gesichter Eidechsen, die aus winzigen Augenspalten meinen Schatten belauerten. Vorsichtig setzte ich meine Schritte zwischen den stumpfen Steinplatten auf die Grasbüschel, um ihnen Zeit zu geben.

Als ich mich der kleinen Umzäunung näherte, hinter der keine Fremden, sondern die Dorfbewohner lagen, hörte ich das laute Knurren eines Hundes. Niemand hatte mich begleitet hierher, ein Hund war nicht zu sehen. Ich ging noch weiter, das Knurren nahm zu. Ich suchte eine ganze Weile nach dem Tier, das zu dem Laut gehören konnte, bis ich vor einem Blumenkübel stand, aus dem neben einer fleischigen Schlundwinde auch das beharrliche Geräusch kam. Nachdrücklich steigerte sich der heisere Laut, der nicht in Bellen umschlagen wollte. Zwischen Kübelrand und Pflanzentopf erkannte ich eine schwarze Schnauze, aus der helle Zähne herausragten. Was sich an diesen Gesichtsausschnitt anschloß, blieb unerkannt unter dem erdigen Blumenwust.

Wie es alte Menschen mit Kindern tun, redete ich das unsichtbare Geschöpf übertrieben aufmerksam an: »Bewachst du den Garten hier?« fragte ich und beugte mich hinunter. Das Knurren blieb beharrlich, das Tier wurde nicht größer als der Zehn-Zentimeter-Raum zwischen Kübelrand und Blumentopf. Es mußte ein schmales Wesen sein, knochenlos vielleicht, wenn es in diesen winzigen Spalt paßte, den es nicht verlassen wollte.

›Wohl gesprochen‹, sagte Candide, ›aber wir müssen unseren Garten bestellen.‹

Weil meine Frage in der Luft hängengeblieben war, fiel mir plötzlich dieser letzte Satz aus einer Erzählung von Voltaire ein.

»Aber fürchten die Menschen sich nicht davor, daß ihr Garten größer und größer wird, bis sie nicht mehr in ihm spazieren können, sondern die Wege mit verschiedenen Fahrzeugen zurücklegen müssen? Und tun sie trotzdem nicht alles genau dafür? Es ist die Größe, die ihnen entspricht und die sie gleichzeitig nicht ertragen«, sagte ich und hätte es gern gehabt, daß das Unvieh im Kübel nach diesen Gedanken aufhörte, daß es ehrfurchtsvoll verstummte in seinem Spalt und mit besänftigt-blödem Gesichtsausdruck herauskroch, um sich an meinem Schienbein in plötzlicher Freundschaft wie ein ahnungsloser Idiot zu reiben. Aber es war nicht so.

Nach Froschfleisch und Bohnensalat abends im Sulina war Herr Zamfir noch einmal auf meinen Vortrag gekommen, den ich selbst schon vergessen hatte. Er sagte, daß sein Land einen ersten Schritt getan hätte – eine eigene Revolution. Aber all die verkrusteten Strukturen! Sie machten das langersehnte Projekt immer wieder zunichte, wie sollte ein Käfer vorwärts kommen, wenn Baumstämme und tiefe Furchen auf dem Weg lagen, für die er Monate oder Jahre brauchte. Aber das wichtigste, sagte Herr Zamfir, während wir das Sulina verließen und in die Dunkelheit traten, sei die Freiheit. Auf dem kurzen Stück bis zu meiner Unterkunft begegneten uns nur ein paar Katzen. Dann waren wir vor dem Hauseingang angelangt und blieben stehen. Ich suchte den Wohnungsschlüssel in der Tasche, während Herr Zamfir meine Strickjacke hielt. Als ich ihn gefunden hatte, wollte er sich verabschieden. Ich zögerte.

»Aber Freiheit ist nur eine Chance«, sagte ich schließlich, »und noch keine Garantie für ein Gelingen. Das Leben kann auch mißlingen – aus Freiheit.«

Wir schwiegen eine Weile, und ich kratzte mit dem Schlüssel in meiner Handfläche herum.

Herr Zamfir nickte. »Aber es wird nächste Generationen geben, die es schaffen werden«, sagte er und hob die Hände, um mich zu überzeugen. »Die Älteren sind einfach verdorben durch all die Jahre hier, aber die Jungen können es schaffen, wenn sie hart arbeiten, dann kann es gelingen.«

»Ich habe eigentlich nicht an Ihr Land gedacht«, sagte ich, »sondern vielmehr an meinen Kontinent, der jetzt so schrecklich groß wird, daß er den halben Erdball bedeckt.«

Herr Zamfir sah mich verständnislos an. »Aber davon haben Sie in Ihrem Vortrag nichts gesagt«, meinte er vorwurfsvoll.

»Nein«, antwortete ich, »davon habe ich nichts gesagt.«

*I*n der Nacht blieb es schwül im Zimmer, die Frau hatte wegen der Mücken das Fenster geschlossen und einen

ratternden Ventilator auf den Fernseher gestellt, der die
Schwüle nicht vertreiben konnte. Die Arme unter dem
Kopf verschränkt, betrachtete ich die Decke. »Ich habe
noch keinen Pelikan gesehen«, hatte sie heute mittag
gesagt und die Couch in ihrem kleinen Wohnzimmer
für mich ausgezogen, »und ich wohne seit zwanzig Jahren im Delta.« Ihr rotfleckiges Gesicht hatte gelacht
und farblich zu dem Blumenmuster auf der Schürze
aus Perlon gepaßt. Von hier aus fuhr sie zum Einkauf
nach Tulcea, und von Tulcea fuhr sie hierher zurück,
sie nahm immer das Schnellboot, für Deltabewohner
gab es verbilligte Tarife. Ich versuchte mir ihr Leben
vorzustellen, einzelne Episoden; angestrengt dachte
ich über ihre Bewegungen, Äußerungen, Gesten nach.
Aber auch in meiner Vorstellung wusch sie Wäsche und
Geschirr, putzte sie Fische, bereitete sie Mahlzeiten zu,
reinigte sie die beiden Zimmer dieser Wohnung. Ich
konnte ihr nichts andichten. Sie blieb, was sie war.

Als ich draußen ein langgezogenes Pfeifen hörte,
stand ich auf und trat auf den kleinen Balkon. Im Dorf
war es still. Das Meer lag zu weit weg, als daß ich ein
Rauschen hätte erwarten können. Aber auch wenn es
näher gelegen hätte, es kam mir unpassend vor, hier
ein Geräusch des Meeres vernehmen zu wollen. Ich
blickte über die winzigen, unregelmäßigen Holzdächer
der Häuschen, nirgends brannte Licht. Die Nacht kam
mir ungewöhnlich hell vor, ohne Mühe sah ich Kon-
turen, einzelne Zaunlatten, gestapeltes Schilf, Lkw-
Spuren auf dem leuchtenden Sandweg. Ein zweiter
langer Pfiff ertönte, leise, aber bestimmt. Ich konnte
niemanden erkennen, beugte mich weit vor, immer
noch lag die Straße still und hell unter mir. Ich

kniff die Augen zusammen und suchte angestrengt in dem gegenüberliegenden Garten nach dem Pfeifer. Ich dachte an einen Scherz, ein Versteckspiel, obwohl es mir unwahrscheinlich vorkam, daß sich die Dorfbewohner nachts zwischen den Häusern herumtrieben, und wollte wieder zurück in das Zimmer treten, als ich einen größeren Vogel auf dem Zaun seitlich des Neubaublocks sah. Er schüttelte sich und gab einen Pfiff von sich, streckte dabei den Hals durch. Ich wartete noch einige Minuten, bis sich die Bewegungen und der Ton mehrmals wiederholt hatten. Ich dachte: ein pfeifender Vogel auf einem Holzzaun, der darauf wartet, daß ab und zu ein Unbekannter auf seine Äußerungen hereinfällt.

»Reichen Sie mir die Hand«, rief Herr Zamfir am nächsten Morgen und schmiß die Halteleinen ins Boot. Ich stieg auf die Außenleisten. Als Herr Zamfir sah, daß ich schneller hinübergetreten war, als er vom Bug zurückkommen konnte, ließ er den Motor aufheulen, so daß sich eine weiße Abgaswolke über der Wasseroberfläche bildete. »Nehmen Sie das«, schrie er mir über die Schulter zu und reichte mir einen Pelikanlocker und einen Feldstecher nach hinten.

Kurz bevor wir ablegten, tauchte plötzlich der Australier auf: Breitwadig in pinkfarbenen Shorts und Sandalen, stand er am Ufer in der Rauchwolke und hob seine Hand zum Gruß. Wieder war ich schneller und reagierte, noch bevor Herr Zamfir den Gashebel hinunterziehen konnte. Ich fragte den Australier aus dem schon schaukelnden Boot heraus, ob er mitfahren wolle. Als Antwort schnurzte er: »Crazy« und deutete auf einen jungen Bootsbesitzer, der ein paar Meter weiter auf einem Poller saß und ein Streichholz zwischen den Lippen hin und her gleiten ließ. Als der Australier die Summe nannte, die der Mann für eine Ausfahrt verlangt hatte, schaute er zu uns herüber. Obwohl ich den Blick nicht erwiderte und nur einen kurzen Lidschlag lang in sein regungsloses Gesicht schaute, kam mir der Ausdruck wie ein Zeichen vor, dessen Bedeutung aber verlorengegangen war.

Da Herr Zamfir nichts gegen einen weiteren Gast hatte, schmiß der Australier seinen Tagesrucksack ins Boot, bevor er selbst hineinsprang, schwer und wuchtig. Herr Zamfir gab Gas.

Wir bogen bald ab in verschiedene Nebenarme, die sich wieder verzweigten, in noch kleinere, schmalere Wege, in denen das grüne Schilf ins Boot rankte. In verlangsamter Fahrt krochen wir durch enge Gassen, die sich unvermittelt wieder auftun konnten und zu großen Wasserflächen wurden. Von Zeit zu Zeit forderte Herr Zamfir mich auf, den Pelikanlocker zu benutzen, was ich nur halbherzig tat. Es störte mich, daß die Natur den Eindruck bekam, ich wolle sie unbedingt entdecken. Ich wollte nicht auf der Lauer liegen. Keines der Tiere zeigte sich, aber Herr Zamfir wies auf Nester im Schilf, auf verschlungene, unförmige Pflanzenbündel, die ich nicht erkannte; und während ich noch versuchte, mich mit den Augen in der Flut von Gewächsen zu orientieren, waren wir längst daran vorbeigefahren. Herr Zamfir rief, ich solle bis zum Großen See warten. In der Woche zuvor hatte er das Fernsehen dorthin gefahren; die Leute vom Bukarester Fernsehen seien ganz verrückt nach dieser Gegend und vor allem nach Pelikanen. Einen ganzen Tag lang hätten sie die Vögel gefilmt; ein regelrechter Pelikanteppich wäre der See gewesen. »Aber wie wollen Sie den verdammten Vögeln vorschreiben, wann sie sich zu zeigen haben?« fragte er mich. Den Australier, dessen Haut vom Sonnenbrand die gleiche Farbe hatte wie seine Shorts, obwohl er sich die Beine unablässig mit Creme einrieb, machte ich ab und zu auf einen der kleinen Vögel aufmerksam, die auf den Stromkabeln entlang der größeren Wasserarme hockten. »Look«, sagte ich und reichte ihm den Feldstecher. »A colored bird.« »Oh«, sagte er dann, »yes, a colored bird.«

Als wir uns dem Großen See näherten, nahm Herr Zamfir selbst den Pelikanlocker und blies ohne Unterbrechung darauf herum. Aber der See war leer. Mit ausladender Geste drehte er das Steuer abwechselnd nach links und rechts und blickte sich suchend um. Als wir ein paar Kreise gedreht hatten, hörte ich auf, nach einem Fleck im Himmel zu suchen, der ein Vogel hätte sein können.

Auch der Australier hatte seine Schirmmütze tief über die Sonnenbrille gezogen und sich in die gestreiften Polster gelehnt. Er schien zu schlafen. Herr Zamfir entschuldigte sich, drehte sich immer wieder zu mir herum. Er hob die Schultern und begann noch einmal von den Pelikanmengen der vergangenen Woche zu erzählen. Sie hatten das Team ganz nah herankommen lassen, so nah, daß ein Redakteur von Prima TV die Hand ausgestreckt und den vor sich hin paddelnden Vogel fast berührt hatte. Als er angefangen hatte, auf ihn einzureden, war dieser aber schließlich aufgeflogen und mit ihm die ganze Gruppe.

Erst als ich sagte, daß mir die fehlenden Tiere nichts ausmachten, fuhren wir weiter.

Herr Zamfir gab wieder Gas, und wir rasten über den See in die andere Richtung, in die er mit seinem ausgestreckten Arm zeigte. »Da drüben«, rief er mir wieder über die Schulter mit dem Fahrtwind zu, »liegt die alte Kooperative.«

Da drüben, das war Schilf, meterhoch, und grüne Wasserbäume mit dichten, üppigen Kronen.

Dem Australier war inzwischen der Kopf auf die Brust gefallen, er hing in den Polstern wie ein zu groß geratener Matrose, das Gesicht hinter Brille und Bart unsichtbar. Vor mir der Rücken von Herrn Zamfir, dessen konzentrierter Nacken verriet, daß er einen Punkt am Horizont anvisierte (im Nacken eines Menschen zu lesen!). Wir waren allein auf diesem Boot und auch im Delta, wie mir schien.

Jahrelang hatte ich einen Traum gehabt, der mir beim Überqueren des Sees in diesem Boot wieder einfiel. Dieser Traum war kein Bewegungstraum und auch kein Traum für die Nacht gewesen, eher ein Bild, das sich nicht weiterentwickeln ließ, das ich nur immer wieder in der gleichen Weise hervorholen konnte, wie man ein Photo betrachtete. In diesem Bild gab es ein Meer, darauf ein Boot wie dieses, darin ein gesichts- und figurloser Steuermann, beschäftigt mit der Takelage, während ich ganz vorn, am Bug, sitze und meine Beine über dem Wasser baumeln lasse. Vor uns liegt das Meer, wir sprechen nicht, niemand spricht, weil alles Erwähnenswerte schon gesagt worden ist durch eine geringe Geste; anderes ist nicht der Rede wert. Ich sitze und blicke nach vorn, dorthin, wo nichts ist; ich wurde mitgenommen, ohne Gegenwert und Fragen, wohin, ist nicht ganz klar. Ein Ausflug, der Jahrzehnte dauern kann. Ich weiß nicht, wer das Boot versorgt, wie er heißt, der still für sich die Seile ordnet, im hinteren Teil, ich sitze nur vorn und sehe auf das Ziel, das keines ist; aber daß er plötzlich in meinem Rücken steht mit einem Messer in der Hand, fürchte ich nicht. Ich bin sicher auf hoher See.

Seit einiger Zeit war es mir nicht mehr gelungen, dieses Bild zu denken. Entweder es kam Sturm auf, Wasser schlug gegen das Boot, oder der Steuermann bekam plötzlich ein Gesicht. Aber das schlimmste Detail war dies: Anstatt aufs offene Meer fuhren wir auf Land zu, unwiderruflich tauchte die Silhouette einer Landzunge auf. Jetzt, da ich mich daran erinnerte, begann ich plötzlich meine Oberarme zu reiben, mit der flachen Hand rieb ich sie rot, als wären mir siebenundzwanzig Grad im Schatten nicht genug.

Der Motor wurde ausgeschaltet, wir glitten lautlos in einen zugewucherten Kanal, der sich wenig später wieder verbreitete. Die Wellen zerschlugen sich schmatzend zwischen den Pflanzenstengeln. Nachdem wir ein paar Meter in den Kanal hineingetrieben waren, kam uns ein Hund entgegengeschwommen. Japsend und mit ruckartigen Bewegungen umkreiste er umständlich das Boot. Herr Zamfir freute sich, nannte ihn mehrmals bei seinem Namen und versicherte dem Hund, daß er ein gutes Tier sei. Wie es angesichts des Botensetters anzunehmen war, tauchte bald hinter einigen verschlungenen Sumpfpappeln die Außenstation der Kooperative auf, die eine Holzkate auf einer Insel im Schilf war. Während der Setter aus dem Wasser hetzte und sich auf dem kleinen abgetretenen Stück Erde vor der Hütte zu wälzen begann, legte Herr Zamfir an einer Wellblechplatte an und half mir heraus. Noch im Boot stehend, sah ich einen Mann in einer Hängematte unter dem Vordach der Kate liegen. Wie ein langer, behäbiger Hecht hing er in dem Netz und sah unserer Ankunft regungslos zu, eine Hand in die braune Arbeitshose geschoben, die andere unterm Kopf. Wir gingen zu ihm, und ich sah unter der Matte ein paar Illustrierte mit großbrüstigen Frauen auf der Titelseite. Als er sich zur Begrüßung nur das senffarbene Trägerhemd kratzte, hätte Herr Zamfir den stummen Mitarbeiter wohl gern aus den Maschen geschlagen, das Netz einfach umgestülpt, damit er herausfiel auf die Holzplanken unter ihm, statt dessen nickte er nur kurz zum Gruß.

»Wie angekündigt«, sagte er und schob mich ein Stück vor, »die Frau aus Europa.«

Der Senffarbene schaute mich an, schüttelte sich einige Male wie der Setter zuvor und setzte sich schließlich auf. Aus seinen aufgeblasenen Backen und den schläfrigen Augen schlußfolgerte ich, daß ihn in diesem Sommer vermutlich noch gar keine Nachricht, schon gar nicht die Ankündigung meiner Fahrt hierher erreicht haben mußte. Ich zog einen Block aus der Tasche, auf dem ich bisher nur Wellenlinien und überdimensionale Algenpflanzen gezeichnet hatte, und ließ einen Kugelschreiber zwischen meinen Fingern kreisen. Tatsächlich stieg der Mensch endlich ganz aus der Matte und sah uns aus klaren Augen an, als hätte man ihn eben ins Wasser zurückgeworfen.

Herr Zamfir stellte mich noch einmal vor, diesmal

nannte er meinen Namen, und deutete auch auf die Schirmmütze im Boot (»nur ein Tourist«, sagte er). Der Mann aus der Matte hieß Bogdan und wischte sich die Hand an seinem Hemd ab, bevor er sie mir reichte.

»Ziemliche Hitze dieses Jahr«, entschuldigte Herr Zamfir den Anblick des trägen Fischspezialisten vor uns.

»Schwimmt alles runter zum Lacul Razim«, bestätigte dieser, »ist fast nichts zu holen hier.«

Wir nickten alle gemeinsam nach diesen unleugbaren Aussagen zum Klima, als sich die Tür der Kate von innen öffnete und jemand heraustreten wollte. Kurz tauchte das breite, schuppige Gesicht eines jungen Mannes in dem Spalt auf, der die Tür sofort wieder schloß, als er uns sah.

Herr Bogdan zündete sich eine Zigarette an und spuckte nach jedem Zug auf die Erde. Abwechselnd sah ich auf die kleinen schaumigen Seen in unserer Mitte und wieder auf Herrn Zamfir, der angefangen hatte, mir die Arbeitsweise der Außenstelle zu erklären. Er sprach von den Zeiten, als der Belugastör hier gefangen und zwischengelagert worden war, bevor man ihn in Sulina in Kisten mit Eis gepackt und verschickt hatte. Täglich waren die Boote hier unterwegs gewesen, man konnte gar nicht soviel lagern, wie hier gefangen wurde, in die ganze Welt hatte man ihn exportiert, den fetten, köstlichen Beluga. Sogar eine ganze Leimfabrik in Tulcea hatte man versorgt mit den Schwimmblasen der Knorpelfische. Jetzt war die Fischfabrik geschlossen. Ich notierte die Wörter Knorpelfisch und Leimfabrik auf meinem Block und folgte Herrn Zamfir, der auf dem Weg zum Anbau war. Bevor ich selbst in den

Lagerschuppen trat, ging ich einmal um das Hüttchen herum. Die Insel war gerade groß genug, daß die Füße nicht naß wurden, wenn man sich an den Holzwänden entlangdrückte. Aus dem Innern der Hütte kroch der Fischgeruch zwischen den dunkelbraunen Latten in meine Nase.

»Wohnen Sie hier das ganze Jahr über?« fragte ich Herrn Bogdan, als ich wieder vor ihm stand.

»Nur im Sommer«, antwortete er und spuckte zur Seite. »Sonst Tulcea.«

In der Kate fiel etwas scheppernd zu Boden, der Lärm ließ den Mann im Trägerhemd auffahren. »Radu«, brüllte er und schnippte seine Kippe ins Schilf. Ich ging zu Herrn Zamfir, der das Tor zum Anbau schon geöffnet hatte. Zwei große Metallbehälter standen in der Mitte des schattigen Raumes, in dem das Gerank des Baumdaches die Hitze gefangenhielt. Ich nahm ihm den Bootsschlüssel aus der Hand, damit er eines der Bleche, die als Containerdeckel dienten, anheben konnte. Wir blickten in den ausgespülten Behälter. »Normalerweise«, sagte Herr Zamfir mit hallender Stimme in den Metallkasten hinein, »sind hier also die Fische drin. Aber Sie haben's ja gehört, wir haben eine schlechte Saison.«

Wir traten wieder nach draußen in die Sonne, und ich hatte plötzlich Lust, das richtige Meer zu sehen, als könnte mir nur noch etwas Großes entsprechen. Ich fragte Herrn Zamfir und sah, wie auch er sich freute, daß unser Rundgang beendet war.

Bogdan war inzwischen mit einem Ruderboot beschäftigt, das er aus dem Wasser auf mehrere Bündel Riedgras gezogen hatte. In die fauligen Planken hatte der Dschungel große Löcher gefressen. Er fluchte und stocherte mit einer Eisenstange in dem algigen Holz-rahmen herum. Wir schauten ihm eine Weile zu und verabschiedeten uns schließlich. Er hob kurz die Hand und ließ die Stange mit Schwung in das Boot hin-einfahren. Als wir ablegten, brüllte er uns ein Geläch-ter hinterher, das ich nicht verstand und Herr Zamfir mit einem kräftigen Pfiff aus dem Pelikanlocker zu übertönen versuchte. Es gelang ihm nicht, und ver-legen widmete er sich dem Armaturenbrett vor ihm. Unter dem heiseren Bellen des Setters und dem rauhen Gelächter von Bogdan entfernten wir uns, den dichten Schilfteppich zerschneidend.

*He*rr Zamfir hatte darauf bestanden, meine Tasche tragen zu dürfen, und sich die Riemen über die Schul-ter gehängt. Ich hatte es inzwischen aufgegeben, bei derartigen Angeboten an dem jeweiligen Gegenstand herumzuzerren, um ihn entweder nach minutenlangen Diskussionen schließlich doch dem anderen zu über-lassen oder ihn zu behalten, so daß wir anschließend mit verärgerten Mienen nebeneinanderher liefen. Ich wußte nicht, ob es besser war, wenn jeder seine Tasche selbst trug. In Braşov, wo ich zwei Stunden auf mei-nen Anschlußzug hatte warten müssen, war mir in der Aufenthaltshalle des Bahnhofs ein deutsches Tou-ristenpärchen aufgefallen, das sich mir gegenüber in die orangefarbenen Plastiksitze fallen ließ. Die Beine über den Rucksäcken vor ihnen verschränkt, hatten sie sich zugelächelt und freundlich in die Runde geschaut. Dabei war der Blick der jungen Frau auf ihre braunen Wanderschuhe gefallen, die sie entsetzt hin und her zu drehen begann, um das ramponierte Leder gründlich zu studieren. Ihr Freund, der zugesehen hatte, wühlte eine Weile in seinem Rucksack und brachte schließlich eine Spraydose zum Vorschein. Als er sich vor sie hinhockte, ihren Schuh griff und das Reinigungsmittel aufsprühen wollte, war die junge Frau plötzlich aufgesprungen und hatte ihm, rot vor Zorn, die Dose aus der Hand geschlagen. »Hör auf damit«, hatte sie gerufen. »Ich bin selbständig. Ich kann meine Schuhe allein imprägnieren.«

So baumelte meine Tasche, in der ich Badetuch, Badeanzug und meinen leeren Schreibblock verstaut hatte, auf dem Rücken von Herrn Zamfir, der mich, während wir uns dem Schilfgürtel näherten, auf die Nutzbarmachung solcher Biotope aufmerksam machte. Der mit Betonbohlen gepflasterte Weg führte direkt durch das Schilf hindurch zum Meer, das immer noch nicht zu sehen war. Je näher wir dem weitgestreckten Areal kamen, desto lauter wurde ein Schlürfen, ein Geräusch der Natur, das Herr Zamfir mit einem geheimnisvollen Lächeln ankündigte und schweigend kommentierte. Ich sah, wie er sich darüber freute, daß ich mich wunderte, und zog als Bekräftigung die Augenbrauen nach oben. Als wir das wuchernde grüne Feld erreicht hatten und uns auf dem schmalen Pflasterpfad hindurchbewegten, stellte sich das Grillengeräusch als das Quaken unzähliger Frösche heraus, die dicht an dicht um uns herum saßen, ohne daß wir sie sahen. Als hätte man sie angewiesen, auf den ihnen zugedachten Plätzen sitzen zu bleiben, riefen sie sich lautstark ihre Ansichten zu, ohne die Straße zu überqueren.

Als Herr Zamfir versuchte, mir die potentielle Bedeutung dieses Froschreservoirs für eine potentielle Restaurantwirtschaft plausibel zu machen, sah ich – zum ersten Mal – eine Schlange, die vor uns aus dem wuchernden Pflanzenwald herausgekrochen kam. Sie schien die Orientierung verloren zu haben, blieb mitten auf den warmen Betonplatten liegen und wand sich auf der Stelle. Abwechselnd krümmte sie sich und zog sich wieder auseinander, wobei sie die Zunge wild herausfädeln ließ, als ringe sie atemlos nach Luft. Als wir näher herantraten, schien sie plötzlich wieder gleitbaren Boden unter ihrem grauen Wurmkörper zu spüren und kam doch sehr schnell vorwärts, um auf derselben Seite, von der sie gekommen war, wieder zu verschwinden. Ich dachte an einen Trick des Tieres, das, Hilflosigkeit vortäuschend, den Feind herankommen lassen wollte.

Herr Zamfir lächelte weise und teilte mir mit: »Die Natur ist auf ihre Art vollkommen. Sie ist, was sie ist.« Da ich sah, wie er auch uns beide zu dieser Vollkommenheit zählte und mir angesichts der Schlange Zweifel bei solch einer Behauptung kamen (vielleicht wurden wir ja am langen Arm gehalten und saßen einer Täuschung auf), antwortete ich: »Der Mensch aber muß erst noch werden, was er ist.«

»Ach, Frau Juliana, verderben Sie uns doch nicht den Tag«, sagte Herr Zamfir. »Da vorn ist doch schon das Meer.« Ich stellte mich auf die Zehenspitzen und sah zum Horizont, erkannte aber nur einen mit Sand beladenen Lkw, der über den Schilfhorizont kroch und uns wenig später auf dem Weg entgegenkam. Wir drehten die Köpfe zur Seite, als er vorüberfuhr, damit uns der Staub und die aufgewirbelten Kiesel nicht im Gesicht trafen.

*S*eitdem ich reiste, ging ich in den Städten und Landschaften, und auch in diesem Ort, immer öfter wie auf einer Landkarte, als stünde ich, eine kleine Plastikfigur, auf einer gemalten Fläche, auf der Bäume und Schranken und Häuser nur aufgestellt worden waren, und unten war es flach und eben. Mit einer leichten Handbewegung war ich auf dem Brett zu verschieben und gelangte so, die einzelnen Felder bespringend, zum Ziel. Man konnte mich ebenso schnell von ihm herunternehmen, wie man mich hinaufgebracht hatte. Und während ich neben Herrn Zamfir aus der Mündung wanderte, sah ich mich von oben, als ließe ich mich selbst den Weg durch das Schilf gehen bis zum Wasser, auf dessen glatter Fläche geschrieben stand: Schwarzes Meer.

*D*er Strand war leer. Bis auf ein Dutzend beigefarbener Rinder, die locker verstreut in dem dunklen Sand vor sich hin dösten, war niemand zu sehen. Wir gingen schweigend zwischen den Tieren hindurch. Ein paar von ihnen hatten sich direkt ans Wasser gelegt und ließen sich dort, die Köpfe tief geneigt, die staubigen Bäuche kühlen. Wir breiteten in einigem Abstand unsere Handtücher aus, und ich sah, wie sie uns ohne Neugier beobachteten. Schläfrig drehten sie ihre schweren Schädel in unsere Richtung, während Herr Zamfir einen rostigen Metallkanister, der in der Nähe lag, mit einem beachtlichen Weitwurf hinter die aufgeschütteten Dünen beförderte. Auch später, als wir uns schon

gesetzt hatten und ich immer wieder zu ihnen hin-
überblickte, taten sie kaum einen Schritt, setzten den
Huf höchstens bequemer, zupften hier und da eine alte
Tüte oder Grasbüschel aus dem Sand, vertrieben mit
zuckender Haut eine Mücke. Als ich ihre winzigen
Bewegungen sah, erschienen sie mir in ihrer Unaufge-
regtheit mit einemmal wie weise Wesen. Absichtslos
sahen sie dem Ende des Sommers entgegen, und ich
war nicht sicher, ob sie davon wirklich nichts wußten.

Herrn Zamfir mußte die lange Weile, in der wir
schweigend nebeneinandergesessen hatten, wie eine
gespannte Erwartung auf etwas vorgekommen sein,
denn er drehte plötzlich sein Gesicht zu mir und sagte:
»Nennen Sie mich Roman.«

Ich stand auf und zog einen Schilfstengel aus dem
körnigen Sand. Als er sah, daß ich nichts erwiderte
und statt dessen den Stengel nur mehrmals faltete, entschuldigte er sich und streckte sich auf dem Handtuch
aus. Ich sagte ihm, daß ich einen kleinen Rundgang
machen würde, drehte mich um und ging in Richtung
des alten Leuchtturms. Nach ein paar Metern blieb ich
kurz stehen, denn Herr Zamfir rief mir hinterher: »Sie
sind ja noch ganz weiß. Sie müssen mal richtig in die
Sonne.«

Als ich zurückkam, sah ich, daß Herr Zamfir auf meinem Badehandtuch eingeschlafen war. Ich ging einige
Meter in das aufgewühlte Wasser vor uns hinein,
konnte mich aber nicht dazu entschließen, meinen
Körper in den grauen Schlamm zu tunken. Leise schaukelten kleine Windwellchen um meine Knie. Hinter
mir lagen der schlafende Herr Zamfir und mehrere

Rinder, auch sie mit geschlossenen Lidern oder wenigstens die langen Rinderwimpern gesenkt. Der dunstige Hitzehimmel zog flach über uns hinweg. Unbeweglich stand ich bis zu den Knien im Meer, die Hand wie ein Indianer über die Augen gelegt, und schaute nach Norden, wo ein riesiger Tanker aus der Mündung kroch. Dunkel und ruhig schob er sich durch das Wasser. Ich hatte Angst vor Schiffen. Ich wollte weder auf ihnen noch in ihrem Körper gehen. Aber die schlimmste Vorstellung war es, in einem solchen Meer vor ihrem gewaltigen metallenen Bugpfeiler zu schwimmen, mit den Armen zu rudern, zu paddeln. Käme ich nur zwanzig Meter davon, würde es nichts an diesem maßlosen Verhältnis ändern, ich wäre unweigerlich erfaßt. Bei diesem Gedanken schaute ich rasch wieder zu Herrn Zamfir, der doch wenigstens ein Mensch war und immer noch in seiner rot-beige gemusterten Badehose, den Mund ein wenig geöffnet, auf meinem Handtuch schlief.

Und plötzlich überkam mich noch einmal ein Gefühl wie auf dem Boot mit dem verlorenen Traum. Ich hatte mit einemmal gar keine Hoffnung mehr, woanders anzukommen als in Europa. Ich ging noch einen Schritt auf Asien zu, aber es half nichts. Ich hatte das Gefühl, je weiter ich ginge, also wieder auf Land zu, desto schneller und unausweichlicher käme ich auch wieder hier auf dem alten Kontinent an, nur von der anderen Seite, sozusagen durch die kalte Küche oder Hintertür herein. Daß jeder Weggang mich nur wieder herankommen ließ, daß ich zwar Asien, Amerika erreichen könnte, gleichzeitig aber Europa auch näher käme, weil ich schon wieder auf dem Weg zu ihm war.

Im Rücken den Kooperative-Mann, vor mir den inzwischen entfernten, aber immer noch riesigen Rosttanker, tänzelte ich mit bleichen Beinen auf dem Schlammboden dieser schlafenden Mündung am äußersten Rand Europas herum. Ich hatte Lust zu weinen und wünschte mir, jemand käme und würde mich in eine Schachtel sperren, aus der ich nie mehr wieder herauszuklettern bräuchte.

»Frau Juliana«, rief Herr Zamfir vom Ufer her. Ich erschrak, weil ich nicht wußte, wie lange er mich schon beobachtet hatte, wie ich mit Gänsehaut unter dem blauen Badeanzug vor ihm stand und zwischen den mittlerweile über die Augen geklappten Fingern auf das Wasser starrte. Ich beugte mich vor, tauchte die Arme ins Meer, riß sie spritzend und wild kreisend wieder hoch, klatschte mir das Wasser ins Gesicht und fuhr mir darin herum, als bräuchte ich nichts Erfrischenderes als dieses Bad. Als ich sah, daß er aufstand und mir entgegenkommen wollte, stieg ich heraus, die Arme übermotiviert um meinen klappernden Oberkörper schlagend. Herr Zamfir reichte mir das Handtuch, obwohl ich bis auf Waden, Arme und Gesicht nicht naß war, und sah mich an.

»Denken Sie, daß die Demokratie eher eine Bewußtseinsfrage ist oder vom Sein bestimmt wird?« fragte ich ihn, um keine zweideutige Atmosphäre aufkommen zu lassen.

Herr Zamfir ließ die Arme hängen und setzte sich wieder in den Sand.

»Sie meinen, ob man erst reif sein muß, um sie zu schaffen, oder ob man sie zunächst braucht, um überhaupt reif zu werden?« fragte er lustlos und schaufelte mit der Hand eine Ladung Kiesel aus dem Strand.

»So ungefähr«, antwortete ich und setzte mich neben ihn. »Immerhin schließt die Freiheit noch nicht ein, daß der Mensch auch das ihm Zukömmliche erkennt. Meistens muß er sogar dazu getrieben werden.«

»Getrieben zum Guten?« fragte Herr Zamfir spöttisch. »Aber die Freiheit ist schon das Gute, und es ist der erste Drang des Menschen, seine Freiheit auszukosten, die Freiheit wird am Ende immer siegen.« Ich sah, wie er mir in jedem Fall widersprechen wollte.

»Ja, aber wer schult uns für die Freiheit?« beharrte ich, trotzdem bemüht, versöhnlich zu klingen.

»Sollten Sie das nicht tun?« fragte er und schaute mit zusammengekniffenen Augen aufs Meer. Hinter unserem Rücken trabte eines der wolligen Rinder vorbei.

»Eigentlich weiß ich nicht mehr, warum ich hierhergekommen bin«, sagte ich. »Ich sollte Ihnen etwas mitteilen, dann wollte ich Sie warnen, und nun möchte ich nur noch abreisen.« Schon im Moment des Sprechens bereute ich meine Ehrlichkeit, die den Vorsitzenden Zamfir nur verletzen konnte.

»Dann sollten wir auf eine gute Heimreise noch einmal anstoßen«, sagte er, und mir kam es vor, als wäre dieser Satz aus seinem plötzlich verschlossenen Gesicht gefallen, ohne daß er dafür die Lippen geöffnet hatte.

*D*er Weg zurück ins Dorf.

Im Sulina war es um diese Uhrzeit noch still. Nur der Wirt saß mit offenem Hemd auf einem Hocker vor dem Eingang und blätterte träge in einer Zeitung. Wir strichen den klimpernden Perlenvorhang zur Seite und sahen in den dunklen Raum, aus dem uns die rot-weiß karierten Tischtücher entgegenleuchteten. Alter Rauch und Ölgeruch hingen unter der getäfelten Decke. Der Wirt klemmte sich die Zeitung unter den Arm, klatschte in die Hände und schob uns ins Lokal hinein. »Nicht so schüchtern, Herr Vorsitzender«, lachte er. Seine Badelatschen machten ein schmatzendes Geräusch, als er an uns vorbei zur Theke ging, um das Kofferradio und die Lichterkette an der Wand anzuschalten. Wir warteten ab, bis die Lämpchen mehrere Male an der Schnur entlanggelaufen waren, und setzten uns schließlich an den Sechsertisch, auf dem eine Holzvase mit Kunstfresien stand.

»Um sechs kommt Mihai mit den Fröschen«, rief uns der Wirt zu, nun schon in dem kleinen Küchenverschlag hinter der Pendeltür, wo er Wasser aufsetzte.

Draußen fuhr klappernd ein Fuhrwerk vorbei und schickte Staub zwischen den Perlen herein.

Wir bestellten gebackenen Käse und Salat, und ich begann, aus den Bierdeckeln ein Kartenhaus zu bauen. Ich baute langsam, und immer wenn ich die letzten beiden als Zelt obendrauf stellte, streifte ich mit dem Handrücken oder dem Daumen das ganze Gebäude, so daß ich Gelegenheit hatte, von vorn anzufangen. In der dritten, vierten Etage fielen uns die Untersetzer in den Schoß und unter den Tisch, ich angelte mit dem Fuß danach und sammelte sie wieder ein. Als ich zum zehnten Mal zu bauen begann, reichte Herr Zamfir mir die Packung vom Nebentisch und lächelte.

Froh darüber, daß es in seinem Gesicht wieder einen Zug gab, hob ich mein Glas, das der Wirt neben das Kartengebilde gestellt hatte. Die Unstimmigkeit schien verflogen, und ich wollte an diesem Abend nichts mehr sagen, was zu meiner Funktion als Beraterin dieses Kontinents gehörte. Nur noch höflich sein wie ein Durchreisender, der nicht verpflichtet ist, sich für die Stadt, in der er zufällig gelandet ist, zu interessieren. Von einem Durchreisenden verlangte man nur Höflichkeit, nicht aber Ortskenntnis. Deshalb sagte ich harmlos: »Auf daß Sie es schaffen mit Ihrem Land und Ihrer kleinen Fischerei in Sulina!« (Herrlich, dieses Spiel.)

Als Herr Zamfir sah, daß ich nur Wasser bestellt hatte, forderte er vom Wirt eine Flasche Cotnari. »Auf Ihren letzten Abend«, sagte er, als er uns beiden eingegossen hatte, und ließ den gelben Wein im Glas hin und her schwingen. »Und sagen Sie nicht allzuviel Schlechtes über uns daheim.«

Ich setzte das Glas schnell an den Mund, damit mein Schweigen nicht wie eine Entscheidung wirkte. Nichts mehr sagen oder raten, das Getränk lief mir harzig in den Hals.

Als der Mann mit den Plastiktüten kam, in denen die Frösche hockten, füllte sich der Raum. Männer mit freiem Oberkörper, die ihre T-Shirts um den Hals oder die Hüften gewickelt hatten, dickere Frauen in geblümten Kleidern mit Sommersprossen auf den Armen grüßten in die Runde und setzten sich an die Tische, allerdings nicht ohne Roman Zamfir vorher auf die Schulter zu klopfen oder meinen Namen zu nennen.

Mit jedem, der eintrat, wurde unsere Flasche leerer und klappte das Kartenhaus schneller zusammen. Als schon das dritte Zelt im ersten Stock zur Seite kippte und die anderen beiden im Dominoeffekt mitfielen, erschienen zwischen den Perlenfäden leuchtende Shorts über behaarten Beinen. Der Australier schlurfte ins Lokal, den tausendstrippigen Rucksack über der Schulter. Er nahm die Sonnenbrille ab, die an einem neongrünen Band auf seinem mächtigen Oberkörper hängenblieb. Die anderen sahen zu uns herüber, als er sich an unseren Tisch setzte. Eine Frau rief mit rauchiger Stimme einen Scherz, und sie lachten freundschaftlich.

Wir wechselten zu Ursus und Țuica, der Australier bestellte ein Lizenz-Fosters. Er schüttete das Bier in seinen Rachen, der irgendwo hinter seinem dichten roten Vollbart lauerte und sich alle paar Minuten wie ein geheimer Felsen öffnete. Er atmete laut und bewegte sich ebenso geräuschvoll auf seinem Stuhl. Nach den letzten Schlucken aus der kleinen Flasche begann er dösig vor sich hin zu fluchen. Die Siebzehn-Uhr-Fähre war ihm davongefahren, weil er die Entfernung zum Leuchtturm nicht richtig eingeschätzt hatte. Jetzt konnte er erst morgen früh aus dem Delta raus.

Er brummte, er sei schon viel zu lang hier, und bestellte noch eine Flasche. Fünf Tage hatte er für das Land geplant bei insgesamt drei Wochen Urlaub, und Osteuropa bestand für ihn bis jetzt nur aus Bulgarien und dem Donaudelta. Er holte eine Karte aus der Vordertasche des Rucksacks und breitete sie über den Flaschen und Gläsern aus. Während er mit seinem fleischigen Zeigefinger den gelben Straßenlinien folgte,

sagte er: »Sulina – one day, Bucarest – one day, Braşov –
one day, Sibiu – one day, Timişoara –« er machte
eine Geste mit der flachen Hand, was bedeuten sollte,
daß Timişoara wohl für immer ein Traum bleiben
mußte, eine Vorstellung in dem bewachsenen Schädel
des Australiers, da er nun schon den zweiten Tag in
Sulina festsaß.

Herr Zamfir fragte nach dem Beruf des schwitzenden Bartträgers. »Computers«, antwortete er. Wir
nickten freundlich im Takt der Melodien von Lovescu
& Lovescu, die im Hintergrund aus dem Radio krochen, und bestellten eine neue Runde.

Irgendwann, draußen zwischen den Perlen hatten
die Farben gewechselt, waren die Frösche knusprig und
auf Schüsseln verteilt, die der Wirt mit den Getränken
auch auf unseren Tisch stellte.

Ich fragte den Australier, ob er hier schon einen
Pelikan gesehen hätte, und begann eines der zarten
Schenkelchen zu benagen. »No«, dröhnte es aus dem
Gesicht gegenüber, »but my uncle has a pelican-farm,
in Australia.«

»Oh«, sagte ich und: »Great.«

Später fingen wir an, uns auf Arme und Beine zu
schlagen, um die Mücken zu vertreiben. Jemand ließ
die Gaze vor dem Eingang herunter. Ich holte ein
Skatspiel aus der Tasche. Es war ein deutsches Blatt
mit Motiven der frühbürgerlichen Revolution, das ich
bei einer Tagung in Bad Frankenhausen gekauft hatte.
Weder Herr Zamfir noch der Australier kannten das
Spiel, so daß wir uns schließlich nur die bunten Illustra-
tionen auf den Pappkarten anschauten. Ein Gelehrter in
türkisfarbener Strumpfhose, ein Trommler mit kurzem

Rumpf, ein Prediger mit Hängewangen, ein Bürger mit goldenem Wams. Der Australier lachte fosterschwer über das Ballettfüßchen, das der Gelehrte vorstreckte. »Ober«, sagte ich, ohne mir noch die Mühe der Fremdsprache zu machen. Es dauerte eine Weile, bis mein Finger auf dem großen runden Buchstaben in der rechten Ecke der Karte landete. »Ah«, machte Herr Zamfir, »Kellner?« »Nein«, sagte ich, »Ober wie Unter!« und hielt ihm einen bewaffneten Bauern vors Gesicht. »Unter ist weniger als Ober, aber dafür kann man mit Unter reizen.« Verständnisloses, aber zustimmendes Nicken. Wir starrten auf den Farbhaufen vor uns auf dem Tisch. »Kontra, Re, Bock, Zippe«, sagte ich, während Herr Zamfir versuchte, mehr als fünf Karten aufzunehmen und in der Hand zu halten. »Fruburgerlikke Rewoluschen«, hallte es aus dem Australier. Ich riß ihm den Gelehrten aus der Hand und erinnerte daran, daß bedient werden müsse. »A servi«, beharrte ich, diesmal auf rumänisch. Der Wirt kam und blickte mich fragend an. Ich sah, wie mein Arm sich um seine Hüfte legte und ihn beschwichtigend tätschelte. »Fosters«, sagte der Australier, der ehemalige Kooperative-Chef von Sulina goß sich selbst aus der Țuica-Flasche nach, und ich zeigte mit entschlossener Geste auf den noch vorhandenen Rest in meinem Glas.

Nachdem der Australier uns klarzumachen versucht hatte, daß der Fahnenträger erstens sein Banner an den Trommler abgegeben und sich zweitens mit dem Gelehrten gegen ihn verbündet hätte, begann auch Herr Zamfir verdächtig lange an den Karten herumzunesteln. Er bemühte sich, dem König den seiner Meinung nach falschen Bart abzuziehen, und fing leise, aber intensiv ein Streitgespräch mit dem buckligen Herzog an.

Als der Wirt das Radio und die Lichterkette ausschaltete, warfen wir nach noch unbekannten Regeln ab, was wir in die Hände bekamen. Ich schlug vor, daß zum Abschluß jeder von uns noch einmal auf sein Lieblingsmotiv zeigen durfte, bevorzugt die oben liegende Karte. Gemeinsam schafften wir es schließlich, die widerborstige Epoche mit großem Umstand in das Kästchen zurückzubefördern. Dann erhoben wir uns.

»Nacht«, sagte ich.

»Noapte bună«, sagte Herr Zamfir.

»By«, sagte der Australier.

Auf dem Fährdampfer zurück nach Tulcea.

Die morgendliche Hitze drückt die Passagiere in die Kunststoffsitze, hinten drängen sie sich auf den wenigen Holzbänken unter dem Schattenschirm, den der Boden des Oberdecks bildet. Ich sitze am Rand, ungeschützt, sehe nicht zu Herrn Zamfir, der vermutlich auf ein Nicken, ein Wenden meines Kopfes wartet. Erst als der Dampfer ablegt, leise, ohne Jubel oder dumpfe Schiffshupe (wir sind in keinem Film), drehe ich mein Gesicht wie beiläufig zum Ufer und sehe: Herr Zamfir steht nicht dort. Nicht zwischen den rauchenden Bootsbesitzern und auch nicht allein weiter hinten, am verfallenen Administrationsgebäude, um mir zu winken, auch nur mit den Augen. Ich habe nicht die Chance, nein zu rufen. Jetzt fällt mir auf, daß ich gern gesagt hätte: »Lassen Sie mich!« oder: »Hören Sie auf!« oder auch nur ein einfaches: »Ich will nicht.« Der Dampfer legt ab, und ich sitze auf ihm, widersatzlos.

Nach wenigen Minuten halten wir noch einmal, in Mila 23, einem Fischerdorf weiter oben am Sulinaarm. In dieser Gegend sind Brandenten und die Riesenfliege *Satanas gigas* beheimatet, wie ich aus einem Touristengespräch erfahre, das ich mit anhören muß. Männer mit meterhohen Schilfgarben und einer Taubenvoliere steigen hinzu.

Und während die Taue schon wieder gelöst werden, die Schrauben das Wasser in behäbigen Wirbeln aufwühlen, sehe ich meinen ersten Pelikan. Er klemmt zwischen den kleinen, festen Händen eines Mädchens am Ufer, das ihn zerstreut und ohne hinzuschauen an seinen dreckigen Körper preßt. Wie einen Dudelsack hat es sich den schweren, unförmigen Vogel unter den Arm geklemmt und drückt auf seinem Hals herum, so daß sich der geräumige Faltenschnabel des Tieres auch wirklich öffnet und schließt, als hätte er etwas mitzuteilen. Gedankenverloren schaut es dem Ablegemanöver des Dampfers zu, quetscht den Vogel flach, dessen Federfell auch das Innere eines Kopfkissens sein könnte. Und während sich der Pelikan hilflos zu schütteln beginnt, wacht das Mädchen auf und schaut sich die Passagiere an, sieht schließlich meinen Blick. Als ich nicht lächle, haut es dem Pelikan eine runter, packt ihn noch einmal mit beiden Händen am Hals und läßt ihn so für mich eine Weile hängen. Herausfordernd wippt es mit dem Knie. Ich sehe nicht weg, blicke auf das Mädchen mit dem schweren Vogel am ausgestreckten Arm. Aber schon nach wenigen Augenblicken, und je länger ich auf die beiden schaue, verliere ich das Interesse an dem läppischen Tier. Und am Mädchen sowieso.

Schießübung

Die Pferde waren alt. Die Pferdeführer noch älter. Zahnlos und mit faltigem Gesicht schleppten sie sich Runde für Runde über die schmutzigen Hobelspäne. Ihr Blick ging wie der der Tiere nach innen, ins Leere. Nur wenn ein Kind auf den Rand der Manege stieg, sahen sie auf. Die Pferde schielten dann mißtrauisch aus verdrehten Augen, und die zerlumpten Männer an ihrer Seite rissen ihr lippenloses Maul auf, um dem Kind ein Grinsen zu schicken, bei dem es augenblicklich von seinem Platz fiel und in erschrecktes Weinen ausbrach.

Die fünf Pferde waren der Größe nach durch Seile miteinander verbunden. Vorn trottete ein kotiger Schimmel, danach kam viel Braunes, und hinten tippelte, etwas schneller, ein blindes Pony. Der Schimmel ging fast jede Runde ohne Reiter, denn für ihn hoben die Männer die Kinder an ihre übelriechenden Pullover und tätschelten ihnen mit schwarzen Fingern über die Kleidung und das Haar. Saßen sie endlich oben, und der lahme Troß setzte sich für die nächsten drei Runden in Bewegung, holten sie gern mit der Longe aus und ließen sie gegen den Oberschenkel des Pferdes zwirbeln. Dann ging ein Zucken durch die Gruppe, als könnten die grauen Seile Schmerz übertragen. Der Schimmel kam aus dem Rhythmus, und die Hufe, die er sonst kaum von der Erde abzog, schlurften nicht länger, sondern taumelten für einen Moment unentschieden zwischen Trab und erschrecktem Galopp. Die Kinder wurden blaß, faßten nach den Sätteln und schlossen die Augen. Doch hüpften sie auf den Rükken der Pferde nie mehr als viermal. Dann war das Gleichmaß wiederhergestellt. Oft blieb das Pony stehen, während der Rest der Gruppe ungestört weiter im Kreis herumging. Die Zuschauer lachten und pfiffen, wenn es sich an seiner Schnauze, die immer länger wurde, wie ein störrisches Wesen hinter den anderen herziehen ließ. Bis einer der Pferdeführer kam, diesmal mit einem Stock.

Das Mädchen war zu alt für die Pferde.

Aber zu jung fürs Schießen.

Dazwischen lag nur die Walzerbahn. Obwohl es unmöglich war, allein in einen der Wagen zu steigen. Sofort setzte sich johlend einer der Männer dazu, und kam man erst richtig in Fahrt, sprang auch noch einer der Schausteller mit auf den Rand, um ihm einen zusätzlichen Schwung zu verpassen. Wenn man nicht schrie, sprang er bald wieder krachend auf die Bretter zurück. Aber dann war es meistens zu spät.

Also hielt sich das Mädchen fern. Fern von den Pferden, der Walzerbahn, dem Schießstand.

Um den drängte sich seit einigen Stunden ein Trupp Soldaten, die ihren freien Samstagnachmittag hier verbrachten. Wie eine unförmige Mauer hatten sie den Zugang zu der kleinen Bude versperrt, aus der ab und zu die rauchige Stimme des Betreibers zu hören war. »Laßt doch endlich mal die normalen Leute ran«, brüllte er in den dichten Pulk hinein, der seine Theke belagerte.

»Wo siehst du hier normale Leute, wir haben bezahlt«, schrie es zurück, und schon hatte ihm einer von ihnen das Luftgewehr wieder aus der Hand gerissen und drückte ab. Die anderen grölten, wenn er sich verschoß. Der Betreiber protestierte: Es wäre das gleiche, wie wenn ein Profiboxer sich auf der Straße schlägt. Aber die weißen Splitter der Plastikröhrchen flogen ihm schon wie wild gewordene Insekten um den Kopf, so daß er sich nur noch in seinen Campingstuhl fallen lassen konnte. »Noch mal zehn«, forderten sie und luden selbst. Sie hatten ihre Mützen weit in den Nacken geschoben und die oberen Knöpfe der grauen Uniformjacken geöffnet. Wenn sich der Schütze mit aufgestütztem Ellbogen weit über die Theke beugte, warfen sich die anderen auf seinen Rücken. Sie klopften ihm auf die Schulter und pfiffen ihm ins Ohr, bis er sich, vor Wut hustend, aufrichtete. Dann wichen sie mit gespielter Ehrfurcht zurück, warteten ab, bis er lange genug gezielt hatte, und hauten ihm die Handkante in die Kniekehle. Er brüllte, und die Kugel ging ins abgepolsterte Verdeck der Bude.

»Eine Trommel«, rief die Horde johlend und schickte ihn zum Bierstand. Während er sich am hinteren Ende der Schlange anstellte, durfte der nächste.

Das Mädchen stand noch immer neben dem Pferdewagen, als gäbe es Grund, auf jemanden zu warten. Es sah, wie sich der Soldat, der gerade Getränkedienst hatte, eine Zigarette anzündete. Und eine weitere. Zwischen den Zügen strich er sich mit dem Daumen über die Lippen, als müsse er eine schwierige Denksportaufgabe lösen. Die dritte schaffte er nur bis zur Hälfte, denn der rotnasige Mann im Wagen reichte die zehn Bier nach unten, die ihm der Soldat mit geübtem Griff abnahm. Je einen Finger in den Bechern, schleppte er sie wie zwei Wespennester über die runtergetretene Wiese zu den anderen. Die rissen ihm mit großem Hallo das Bier aus den Händen und gossen es sich in den Hals.

Der Budenbetreiber wurde milder, denn mit jedem Becher ließen auch die Schießkünste nach. Die Soldaten trafen alles, nur nicht die hellen Röhrchen, in denen Blumen und Herzen aus Papier steckten. So konnte er sich zurücklehnen, brüllte nur ab und zu, wenn allzu viele auf die Theke zu klettern versuchten.

Als sich das Mädchen mit gesenktem Kopf an die Schlange anstellte, drehten sich die Männer um. »Laßt doch mal die Kleene vor«, sagte einer, und die andern reichten sie schweigend durch bis nach vorn. Bei dem Wort Faßbrause lachten die Männer. Das Mädchen bedankte sich leise.

Wenige Sekunden später fiel der Stehtisch, an dem noch zwei Männer klebten, in die Wartenden. Der Rotnasige fluchte, Fäuste flogen, das Mädchen sprang zur Seite. Nur mühsam rappelten sich die Männer wieder auf. Die Soldaten schlugen sich angesichts der auf der Wiese Herumkrabbelnden auf die Schenkel und wanden sich vor Lachen in ihren Uniformen, die sie inzwischen wie Kostüme trugen. Die gelokkerten Koppel hingen ihnen als modische Gürtel vor den Bäuchen, einer hatte sich die Hose bis über die

Knie gekrempelt, ein anderer den glänzenden Schirm der Dienstmütze nach hinten gedreht. Das Mädchen stand zwischen ihnen und den Männern, die sich das Bier aus den speckigen Jacken klopften. Zu dritt versuchten sie, den glitschigen Tisch aufzurichten, aber er fiel ihnen immer wieder aus den Händen ins Gras zurück. Ungeschickt zerrten sie mit ihren sechs Armen daran, bis der Rotnasige die Bude verließ und ihnen ein paar Tritte versetzte. Und während sich die Wagen der Walzerbahn gegenüber zu einer neuen Runde in Bewegung setzten und ihr Lärm die Musik zu übertönen begann, standen die Männer noch immer schwankend und unentschlossen herum. Aus glasigen Augen schauten sie in die Runde, stellten sich schließlich wieder an. Schweigend ging der Verkauf weiter.

Obwohl der Lärm nicht abgenommen hatte und die leeren Wagen immer noch vorbeiflogen, schien es dem Mädchen plötzlich, als hätte sich eine große Stille auf den Platz gelegt. Und als es die Soldaten anschaute, sah es, wie sie nur noch grimassierten, stumm öffneten sie die Münder und ruderten mit den Armen. Der Abendhimmel war eine große Glocke geworden, unter der sich alles wie nach einem festgelegten Spiel bewegte. Und zu dem gehörte auch die diensthabende Streife, die jetzt in schnellem Gang über die Wiese gelaufen kam und sich vor den Soldaten aufbaute. Überrascht drehten sie die Köpfe und nestelten unauffällig an ihren Uniformen herum.

»Nehmen Sie Haltung an!« zerschnitt der Unteroffizier die falsche Stille. Sie preßten die Hände an die Hosennaht. »Was ist mit Ihrer Kleidung los?« brüllte er noch einmal. Eilfertig begannen die Soldaten Mützen, Jacken und Koppel mit fahrigen Bewegungen in Ordnung zu bringen. Der Unteroffizier ließ sich die Ausgangskarten zeigen, mit denen er sich auf die Fingerknöchel klopfte. Er sah die Soldaten an. Den, der das Bier geholt hatte, ließ er vortreten. Er sah ihm ins Gesicht, in dem es trotz des angehobenen Kinns etwas gab, das nicht Haltung annehmen wollte, und schlug noch einmal die Karte auf. »Sie sind um Mitternacht in der Kaserne.«

Der Soldat antwortete nicht. Statt einer Antwort lächelte der Soldat.

»Finden Sie das lustig?« erkundigte sich der Unteroffizier wütend. Aber da sah er schon, daß der Soldat nicht ihn angelächelt hatte und auch nicht in sich hinein, sondern das Mädchen, das immer noch mit einem Glas Faßbrause in der Hand in ihrer Nähe stand. Der Unteroffizier sah mit einem kurzen prüfenden Blick auf das Mädchen und wieder zurück zum Soldaten. Dann verzog er sein Gesicht und wandte sich zum Gehen. »Sie sind um Mitternacht in der Kaserne«, sagte er noch einmal.

Die Streife war schon zwischen den Männern hindurch über den Platz gegangen, und die eben Kontrollierten belagerten nun lustlos das Kartenhäuschen der Walzerbahn, als der Soldat aufhörte, das Mädchen anzusehen.

Das Mädchen begann wieder zu atmen.

Der Soldat machte eine Bewegung mit dem Kopf.

Das Mädchen wollte wegsehen, aber es war zu spät. Der Soldat hatte seinen Blick schon bemerkt.

*D*ie Knöpfe der Uniformjacke drückten hart in den Rücken des Mädchens. Das Gesicht des Soldaten war dicht neben seinem Ohr. Er sah die langen Wimpern über dem rechten geöffneten Auge. Mit dem schaute das Mädchen über die Kimme auf die weißen Stäbe vor ihnen. Der Soldat legte seinen Zeigefinger über den des Mädchens am Hahn und bog ihn langsam zurück.

Der Budenbetreiber hatte nur stumm auf das Schild mit der abgeplatzten Schrift getippt, als der Soldat zehn Schuß für das Mädchen gefordert hatte. »Zu jung«, hatte er dann die Vorschrift laut übersetzt, und das Mädchen wollte schon gehen, aber der Soldat hatte den Geldschein nicht wieder von der Theke genommen. Er stellte sich hinter das Mädchen, nahm selbst das Gewehr in die Hand und ließ das Mädchen alle Bewegungen noch einmal tun, als wäre es sein Innenfutteral. Der Budenbetreiber zuckte mit den Schultern und legte das Geld in die Kasse.

Das Mädchen traf. Nicht das Röhrchen, aber den dünnen Draht, der weiter oben aus seinem Innern herausragte. Nach dem ersten Schuß schon fiel ein Clownsgesicht zu Boden. Der Mann zog kurz an einer Glocke und hob die Papierplakette auf.

Dann schoß nur noch der Soldat. Das Mädchen stand daneben und schwieg. Wenn der Soldat zielte, blickte er gleichzeitig zu ihm hinüber. Wie die Pferde, die etwas in ihrem Rücken befürchten.

Als vor dem Soldaten zwanzig Clownsfratzen lagen, stieg der Mann in der Bude auf seinen Campingstuhl, hob einen metallenen Käfig vom obersten Regal und stellte ihn vor das Mädchen auf die Theke. In dem Käfig saß ein grauer Vogel mit halbgeschlossenen Lidern.

»Haubensittich«, sagte der Mann, »täglich Körner und zweimal Wasser«, nahm die Papiergesichter wieder an sich und steckte sie in einer der unteren Reihen in die Röhrchen zurück.

Jetzt erst sah das Mädchen auf dem obersten Bord die Hauptgewinne, die während der ganzen Zeit regungslos vor sich hin gedämmert hatten. Ohne ein Geräusch saßen, lagen oder schwommen sie in ihren Behältnissen. Daran waren kleine Tafeln befestigt, auf denen die Anzahl Plaketten stand, die man benötigte, damit eines der Tiere heruntergehoben wurde. Der Soldat stellte den Käfig auf den Boden und lud neu. Das trockene Klacken des Schusses weckte den Sittich sowenig wie die tausend zuvor abgefeuerten.

Sobald der Soldat seinen Finger am Abzug krümmte, schloß das Mädchen die Augen, öffnete sie aber schnell genug, um seinen Mund zu sehen, um den nach jedem Schuß ein Zucken ging. Manchmal stützte der Soldat zwischendurch den Gewehrkolben auf die Theke und strich sich über die Schläfe.

Als zehn blaue Nelken vor ihnen lagen, legte das Mädchen seine Hand auf den Arm des Soldaten, mit dem er das Gewehr hielt. Er zögerte kurz, drückte dann aber doch wieder rasch den Abzug durch.

Diesmal wurden die Blumen auf den Metalldrähten gegen ein schnell atmendes Kaninchen eingetauscht. Mit zitternder Stecknadelnase lag es ausgestreckt in einer flachen Box, die es ganz ausfüllte.

»Russische Schecke«, sagte der Mann in der Bude. Das Mädchen stellte den braun-weißen Preis neben den Haubensittich.

Der Soldat richtete sich auf und drückte mit Dau-

95

men und Zeigefinger auf seine Augen. Dann rieb er sich mit der Faust über die Stirn. Nachdem er zuerst das Mädchen, dann den Mann in der Bude angeblickt hatte, legte er das Gewehr auf die Theke.

*U*m acht Uhr wurden das Pferdezelt, die Walzerbahn, die Schießbude und der Bierstand mit grauen Planen abgedeckt. Der Rummel war geschlossen.

Der Soldat sagte, daß dies sein erster freier Abend seit einem Dreivierteljahr sei. Das Mädchen nickte. In vier Stunden müsse er wieder zurück sein. Das Mädchen erwiderte, daß es die ganze Zeit neben ihm gestanden hätte und also über alles Bescheid wisse.

Als der Soldat einen Schritt auf das Mädchen zuging, griff es in den Ring oben auf dem Käfig und hob ihn sich vor das Gesicht. Durch die Gitterstäbe über den apathischen Sittich hinweg sagte es, daß er mitkommen könne. Während es sprach, bauschte sein Atem das verstaubte Gefieder des Vogels, der kurz zu zwinkern schien, ein wenig auf. »Er lebt ja«, stellte der Soldat fest. Das Mädchen zeigte in die Richtung, in die sie gehen mußten, und gab ihm die Box mit dem Kaninchen in die Hand. Zu viert verließen sie die Festwiese.

Auf dem Weg ins Neubaugebiet fragte der Soldat nach dem Namen des Mädchens. Er lächelte, als er ihn hörte, und blieb stehen. »Es war die Nachtigall und nicht die Lerche«, sagte er, während er sich die freie Hand auf die Brust legte und ein wenig die Augen verdrehte. Das Mädchen lachte, obwohl es nicht verstanden hatte. »Englischer Dichter«, sagte der Soldat. »Hatten wir noch nicht in der Schule«, antwortete das Mädchen leise. »Aber wußten Sie, daß Paris ein Krake ist?« Der Soldat sagte, das Mädchen solle ihn duzen, oder er würde auch Sie zu ihm sagen müssen. Das Mädchen wurde verlegen, stimmte aber schließlich zu. Sie liefen auf dem ungepflasterten Weg hinter der Kaufhalle, am alten Parkplatz entlang. »Warum ist Paris ein Krake?« nahm der Soldat den Faden wieder auf. Das Mädchen erklärte, daß Paris anfangs nur eine kleine Insel gewesen sei, mitten in der Seine, von der unzählige Brücken zu den Ufern über den Fluß liefen. »Von oben gesehen, zum Beispiel aus einem Flugzeug«, sagte das Mädchen wie eine Stadtführerin, »sehen diese Brücken aus wie die Arme eines Kraken.« Der Soldat bedauerte, daß sie keine Gelegenheit hatten, diese Aussage zu überprüfen. Für einen kurzen Augenblick wurden seine Augen schmal und dunkel, so daß das Mädchen schnell weiterredete. Daß man die Abfälle in Paris einfach auf die Straße kippte, daß es Viertel gab, in denen es unglaublich stank, daß immerfort kleine Rinnsale die Straßen herunterliefen, die die Abfälle weitertransportieren sollten, daß es an jeder Ecke Maler gab, mit kleinen schwarzen Mützen, nicht zu vergessen die vielen Cafés, daß es schließlich ein riesiges unterirdisches Rohrsystem gab, in dem die Post – Tausende von Briefen – in der Stadt verteilt wurde. »Das muß man sich mal vorstellen«, sagte das Mädchen. Der Soldat schien ehrlich interessiert und wollte wissen, woher das Mädchen all dies wüßte. »Aus einem Buch«, antwortete das Mädchen, und wie eine Entschuldigung fügte es an: »Vom Großvater.«

Als sie in den Hausflur traten, blieb der Soldat plötzlich stehen und nahm seine Mütze ab. In die Dunkelheit hinein schlug er vor, noch ein paar Jahre zu

warten und dann gemeinsam dorthin zu reisen. Er sah
dorthin, wo das Mädchen stand. »Ich verspreche, daß
ich mit keinem andern fahren werde. Die allererste
Reise wird mit dir sein«, sagte er feierlich und folgte
ihm in den fünften Stock. Dieser Ernst gefiel dem
Mädchen, weil er so leichthin etwas festlegte. Als wäre
solch eine Reise nicht nur eine Idee. Es gefiel dem Mädchen, daß er plötzlich über die Zukunft bestimmte, als
würde sie von Menschenhand gemacht.

Die Wohnung war klein und aufgeräumt. Das Mädchen bat den Soldaten, die Stiefel auszuziehen. Er
bewegte sich leise und vorsichtig, blieb immer hinter
dem Mädchen. Sie gingen ins Wohnzimmer, wo sie die
Tiere auf den Eßtisch stellten und schweigend betrachteten.

»Du solltest ihn Sartre nennen«, sagte der Soldat
und deutete mit dem Kinn auf den Sittich. Das Mädchen verstand nicht. »Die gleichen schwarzen Kreise
um die Augen«, erklärte er und holte sein Portemonnaie
aus der Gesäßtasche. In einem der Innenfächer steckte
ein kleines graues Photo, auf dem das Mädchen einen
Pfeife rauchenden Mann mit Brille erkannte. »Dein
Großvater?« fragte es, und der Soldat lachte. »Franzö-
sischer Philosoph.« Das Mädchen schaute noch einmal
und sah, daß das rechte Auge des Mannes woanders-
hin blickte als das linke, daß er mit seinem runden
Gesicht und dem runden schwarzen Gestell darin dem
Sittich tatsächlich ähnlich war. Der Vogel zwinkerte
kurz. »Aber dann muß der Hase de Beauvoir heißen«,
sagte der Soldat. »Debuwuar«, wiederholte das Mädchen und nickte. Als der Soldat nicht aufhörte, das
Mädchen anzusehen, sagte es, er solle sich auf das

Sofa setzen. »Ich hole Eierlikör«, schlug es vor und ging schon hinaus. In der Küche goß es die gelbe Creme in mit Schokolade gefütterte Waffelbecher. Es ließ sich Zeit, damit die Röte aus seinem Gesicht verschwand. Kurz bevor das Mädchen wieder ins Wohnzimmer zurücktreten wollte, blieb es stehen und sah durch den Spalt der angelehnten Tür auf den Soldaten. Er saß sehr aufrecht und blickte ins Leere. Um seinen Mund erkannte es das gleiche Zucken, das es schon am Schießstand beobachtet hatte. Das Mädchen hustete umständlich, als es die Tür mit dem Fuß aufschob, und stellte die Becher auf den Wohnzimmertisch. Der Soldat lachte und rieb sich die Hände. Dann sprang er auf und hockte sich vor den Plattenschrank. »Deine Eltern sammeln Platten?« fragte er erstaunt und begann mit schiefgelegtem Kopf einzelne Hüllen herauszuziehen. Das Mädchen zuckte mit den Schultern und setzte sich in einen der beiden Sessel. Nach ein paar Minuten hatte der Soldat vier oder fünf Platten vor sich auf den Teppich gelegt, von denen er eine auswählte. Behutsam wischte er sie ab und setzte dann den Saphir auf, als könne er sie verletzen. Als Neil Diamond anfing zu singen, erhob er sich langsam und streckte sich durch. Er hielt dem Mädchen die Hand hin und verneigte sich ein wenig. Das Mädchen wurde wieder rot und stand auf. Der Soldat sah es, deshalb wirbelte er das Mädchen an seiner Hand nur einige Male im Kreis herum. Wenn es das Gleichgewicht verlor, fing er es auf, ohne es wirklich zu berühren. Als die Lieder langsamer wurden, gab der Soldat dem Mädchen einen Handkuß. Sie setzten sich und tauchten ihre Zungen in den Eierlikör.

Dann war die Platte zu Ende, und die Nadel schob sich kratzend über den Innenkreis aus Papier. Das Mädchen sah, wie der Soldat erschrak, als hätte man ihm ins Gesicht geschlagen. Sein plötzlicher Ausdruck machte dem Mädchen angst, deshalb lachte es. Der Soldat sah auf die Uhr. Er schwieg.

Nach einer Weile schlug das Mädchen ein Bein über das andere. »Das Feuer ist fast niedergebrannt«, sagte es und legte die Hand unters Kinn. Und mit spitzem Mund fügte es hinzu: »Würdest du noch etwas Holz nachlegen?« Der Soldat riß die Augen auf und schaute sich um. Schließlich erhob er sich: »Aber gewiß doch, meine Gnädigste«, antwortete er. Er nahm ein paar unsichtbare Scheite und legte sie in den unsichtbaren Kamin, dem er mit einer Plattenhülle etwas Luft zufächerte. »Will es wieder nicht brennen?« erkundigte sich das Mädchen. »Ach«, erwiderte der Soldat, »es ist bitter. Wir sollten einen neuen einbauen lassen.« »Gleich morgen werde ich James Bescheid sagen«, flötete es. »Ich bitte darum.« Der Soldat war vor dem Kamin sitzen geblieben und starrte in die Flammen. Ab und zu blies er sich gedankenverloren in die Hände. Das Mädchen ging hinaus und holte den restlichen Eierlikör.

»Möchtest du auch ein Gläschen Champagner?« säuselte es weiter, als es wieder im Raum war, doch im selben Moment preßte es die Lippen schon aufeinander. Der Soldat war plötzlich aufgesprungen, hatte mit ein paar Schritten das Zimmer durchquert und sich dicht vor das Mädchen gestellt. Mit beiden Händen ergriff er seinen Kopf und bog ihn zu seinem Gesicht. Das Mädchen sah über sich das Zucken um seinen

Mund, das immer näher kam, während sein Kopf zwischen den Händen des Soldaten wie in einem Schraubstock klemmte. Der Soldat zog das Mädchen noch näher an sich. Das Zucken wurde stärker, und das Mädchen schloß die Augen. In diesem Moment begann der Haubensittich Sartre wild mit den Flügeln zu schlagen. Unter lautem Gekreische wurden alte Federn und Körnerhülsen aus dem Käfig ins Zimmer gewirbelt. Immer wieder plusterte der plötzlich erwachte Vogel sein Gefieder auf, um sich im Sturzflug von der Stange auf den Boden des Bauers zu begeben. Auf diesen wenigen Zentimetern hörte er nicht auf, wilde Pfiffe von sich zu geben, als wäre er erst jetzt auf seine Lage aufmerksam geworden. Auch der Hase regte sich in der schmalen Box. Nervös drückte er seinen Körper gegen das Drahttürchen und lauschte auf die ungewohnten Töne des langjährigen Partners. Der Soldat hatte das Mädchen sofort losgelassen, als der Sittich zu schreien begonnen hatte, und wischte sich nun über die Augen. Das Mädchen drehte den Kopf zur Seite, als er sich entschuldigte, und sammelte ein paar Federn vom Teppich. Der Sittich hing schief zwischen den Gitterstäben und äugte erschöpft auf die Personen vor ihm.

Das Mädchen sah von unten, wie der Soldat auf seine Uhr schaute. Er war sehr blaß. Das Mädchen wunderte sich, daß es trotz des eben Geschehenen keine Angst hatte. Im Gegenteil, es kam ihm plötzlich vor, als müßte es dem Soldaten helfen. Stumm standen sie sich gegenüber.

»Wollen wir Mühle spielen?« fragte das Mädchen schließlich sanft und schaltete die Stehlampe in der Ecke an. Während es in einer Kommode nach dem

Spiel zu suchen begann, sah der Soldat einen kleinen Glaskasten an der Wand, den er bis jetzt noch nicht bemerkt hatte. Auf einem roten Samtkissen war eine blanke Pistole befestigt, in deren Griffschale ein goldener Stern eingelassen war. »Was ist das für eine Waffe?« fragte der Soldat tonlos. »Eine Neun-Millimeter-Makarow«, antwortete die fachkundige Stimme des Mädchens aus der Kommode. »Mein Vater hat sie für ein Manöver vom Oberkommandierenden der Warschauer Vertragsstaaten geschenkt bekommen. Vor ein paar Jahren schon.« Der Glaskasten war verschlossen, aber der Soldat sah, daß in einer Porzellantasse auf der Kommode ein kleiner Schlüssel lag, ebenso blank wie die Pistole. Das Mädchen richtete sich auf und reichte dem Soldaten den Spielekarton. Er achtete nicht darauf. »Willst du etwas anderes?« fragte es und nahm den Karton wieder zurück. Der Soldat schüttelte den Kopf. »Ich habe auch Schach.« Der Soldat sagte: »Ja.« Das Mädchen blickte ihn an. »Da muß ich nebenan suchen«, sagte es und verließ das Zimmer. Der Soldat nickte.

Das Mädchen kehrte zurück. »Ein Springer fehlt«, sagte es, obwohl es schon gesehen hatte, daß niemand mehr im Raum saß. Es stellte das Holzkästchen ab und setzte sich. In die anderen Zimmer der Wohnung schaute es nicht, denn es wußte, daß dies kein neues Spiel war, das der Soldat erfunden hatte. Das rote Samtkissen lag auf der Erde. Leer. Wenn es jetzt auf den Balkon getreten wäre, hätte es den Soldaten vielleicht sehen können. Wie er zwischen den Blocks verschwunden wäre, sich dicht an den Wänden haltend, an den parkenden Autos vorbei. Oder es hätte sehen können, wie er langsam, fast schlendernd, ging, um die Aufmerksamkeit nicht auf sich zu lenken. Wie er sich eine Zigarette angezündet und sie sich zwischen Mittel- und Ringfinger geklemmt hätte. Und wie er sie dort vergessen hätte, während er ging.

Aber das Mädchen blieb sitzen.

Weit nach Mitternacht, das Mädchen saß noch immer regungslos auf dem Stuhl, fing die Sirene im Treppenhaus zu kreischen an und ließ die Bewohner aufschrecken. Das Mädchen hörte, wie sich die Wohnungstüren öffneten und die Männer in den Hausflur traten. »Die dritte Übung in zwei Monaten«, fluchte einer, »und immer am Samstag!« Man klingelte auch bei dem Mädchen, aber es rührte sich nicht. »Hat das jemand gewußt, hat das jemand gewußt?« fluchte die Stimme erneut. Jetzt klopfte man mit der Faust an die Tür. »Ist doch weggefahren übers Wochenende«, sagte die Stimme. »Schwein gehabt«, sagte eine andere. Die Sirene schrie noch immer. Ein wütendes Tier, das keinen Widerstand duldete. Das Mädchen stand auf, schaltete das Licht in der Wohnung aus und sah aus dem Küchenfenster. Auch in den Nachbarblöcken regte sich etwas. Die ersten Männer versammelten sich schon vor dem Hausaufgang und begannen, die Schlösser von ihren Fahrrädern zu lösen. Andere streiften sich im Gehen noch die Jacken über die gerippten Unterhemden, stopften ihre Hosen in die Stiefel, in denen sie mit nackten Füßen steckten, und knöpften sich die Hosenträger an. »Hätte nicht wenigstens jemand Bescheid sagen können, daß was im Busch ist?« beschwerte sich einer. »Wenigstens fällt so das Frühstück mit deiner Schwiegermutter aus«, feixte ein anderer. Sie warteten, bis der Melder, der das Kennwort ausgab, auf dem Motorrad vorfuhr. Gemeinsam folgten sie ihm schließlich mit den Rädern in die Dienststelle.

Die Tiere gaben keinen Laut von sich, als das Mädchen in der Dunkelheit mit ihnen durch das Neubaugebiet lief. Käfig und Box schaukelten links und rechts in den Händen. Niemand war in den Straßen zu sehen. Im Vorgarten des Taubenzüchtervereins, einer blaugestrichenen Baracke, stellte es die Box auf die Erde und öffnete das Türchen. Zögerlich kam das Kaninchen heraus und blieb nach ein paar unsicheren Sprüngen unter einer Pflanzenstaude sitzen. Den Käfig stellte das Mädchen auf einen Trafokasten in der Nähe. Auch hier schob es das Gitter zur Seite. Der schläfrige Vogel nahm keine Notiz davon. Das Mädchen klatschte kurz in die Hände, er rührte sich nicht.

Der Exot

Lassen Sie mich ehrlich sein: Ich bin unaufrichtig.
Gewesen.

Im Hausflur unseres Wohnblocks hatte neben den zerkratzten Briefkästen jahrelang eine Schwarzweißaufnahme unseres Wohnblocks gehangen, die der Hauswart auf die mit grünem Stoff bespannte Polsterolwandzeitung geheftet hatte. Ein Journalist aus der Kreisstadt hatte das Photo gemacht, als unsere Hausgemeinschaft für die Pflege des Vorgartens einen Ehrenwimpel erhielt. Daneben hing ebenfalls jahrelang ein gelblicher Zeitungsausschnitt, der die Mieter und ihre Funktionen aufzählte und ihnen im Namen des Kreisverbandes ein Lob aussprach.

Während die Männer am Tag der Auszeichnung hinter dem Haus einen Grill anwarfen und die Frauen in den Wohnungen Gurkensalat fertigten, hatte mich der Journalist gebeten, für das Photo vor dem Haus in den quadratischen Steinplatten des Gehweges zu hüpfen, wie er es von Kindern, zumal bei solchen frohen Anlässen, erwartete. Zwar hatte er unseren Neubaublock nur bis zum dritten Stock abgebildet, aber wenigstens mit mir im Vordergrund, auch wenn ich aussah wie jedes andere Kind. Dies allerdings wußte

nur ich: Ich hatte insgeheim ein Kindergesicht aufgesetzt, harmlos und oft zu beobachten, wenn man
sie photographieren will, während der Journalist wohl
annahm, das Kind vor ihm blicke ganz selbstverständlich so in die Kamera.

Wenn ich aus der Schule kam, öffnete ich die Haustür und schob einen Stock in den Spalt zwischen den
Scharnieren. Durch die weit aufgeklemmte Tür sah
ich in den Hauseingang hinein bis zur Wandzeitung
mit dem Photo darauf. Ich ging noch einige Schritte
zurück, stellte mich ins gleiche Steinequadrat wie bei
der Aufnahme und hob auf dieselbe Weise mein Bein.
Dann betrachtete ich die Vorderfront des Hauses mit
dem winzigen Photo darin, auf dem wiederum ich im
Vordergrund eines Hauses war, im Steinequadrat mit
angewinkeltem Bein.

Das mit der Zeit ausbleichende Photo hatte sich
bald an den Ecken nach oben gebogen und war
brüchig geworden. Aber der Hauswart hatte es
hängen lassen, wohingegen man die blassen Farb-
aufnahmen Moskaus im Winter bei irgendeiner Trep-
penhausreinigung abgenommen hatte, da Besen- und
Wischmopstiele die Pappbilderchen immer wieder her-
untergerissen hatten.

Wie das Photo im Hauseingang hatte ich auch diese
Fahrt geplant. Ich fuhr zurück zum Ort seiner Aufnahme, um darüber zu berichten. Tatsächlich hatte ich
mich nie davon entfernt: Ich hatte nicht aufhören können, mich auf einem Bild zu betrachten.

Ich hatte auch für die nötige Atmosphäre sorgen
wollen, wie sie sich für solch eine Fahrt in meinen

Augen gehörte. Aber nun kam ich zurück und mußte feststellen, daß Romantik sich nicht einstellen wollte, obwohl ich sie doch inszeniert hatte. Denn ich hatte extra den Weg über die Dörfer genommen, die Dörfer mit dem Katzenkopfpflaster, um mich einzustimmen, über Liepgarten, Ferdinandshof und Torgelow Holl war ich gekommen, da, wo früher die Wiesen trockengelegt worden waren, freiwillig und ohne Lohn, als achtes Weltwunder, damit es vorwärtsging, und wo jetzt Schilder blinkten von kleineren Handwerksbetrieben, Tankstellen und Reiterhöfen. Die Huckelsteine waren noch da, auch die schöne Alleenkurve, durch die ich zurückkam wie in eine Heimat, nur um ein Gerüst zu sehen, über das ich etwas sagen wollte.

»Schreiben Sie!« hatte der Redakteur gesagt. »Aufrichtige Geschichten brauchen wir. Authentizität. Sie mit dem Bruch im Leben, Sie werden ja wohl kein Problem damit haben.«

Sollte ich ihm mitteilen, daß selbst dieses Zurückkommen nicht seine Idee war und also nichts Überraschendes in sich trug? Während ich einem Traktor hinterherkroch, überlegte ich, ob ich ihm sagen sollte, daß diese ganze Reise schon längst und von langer Hand vorbereitet worden war: In Kinderträumen hatte ich mich ja schon gesehen als Zurückkommende, hatte mir vorgestellt, wie ich stumm stehen und daran denken würde, daß ich mich einst als Zurückkommende gesehen hatte, als wäre ich unschuldig gewesen und hätte nicht alles schon mit den ersten erlernten Buchstaben in ein dunkelgrünes Heft geschrieben. Als hätte ich nicht nach einem Programm gelebt, das mit ebendiesem dunkelgrünen Heft beschlossen worden war.

Es war mir immer unmöglich erschienen, Leben auf andere Weise zu beschaffen.

Über allem lag also mein eigener Fingerzeig; die Dinge schon herausgesucht und eingeplant, wie schwer sie wiegen, wie sie mir erscheinen würden, längst gesagt, notiert. Es gab keinen Unterschied zwischen Leben und Plan. Von allein taten die Dinge so wenig, von den Menschen ganz zu schweigen. Hineingezogen werden mußten sie, gebeten werden wollten sie, lange mußte ich mich erklären, damit sie einen Schritt taten, niemand wußte, daß sich Vergangenheit nicht von selbst ergibt.

»Jetzt«, rief ich den Kindern als Kind hinterher, »müßt ihr dafür sorgen!« Aber die Gegenwart, glaubten die meisten, geht schnell vorbei.

Dann stellte ich mich auf dem Platz unter das Gerüst und ihnen entgegen. »Wer seine Zukunft wissen will, dem les' ich aus der Hand«, rief ich den Kindern mit ihren sandigen Körpern entgegen. Sie stellten sich in einer langen Schlange auf, während ich dem ersten schon mit meinem Fingernagel über die Linien rieb. Fing ich mit geheimnisvollen Worten an, krümmte sich bald ihre weiche, gelbliche Hand, und ich mußte sie ermahnen, sie weiter ausgestreckt zu lassen. Manchmal kam noch Tage später eins, das sich von meinen unverständlichen Auskünften verblüffen lassen wollte. Dann schöpfte ich Hoffnung, daß mein Vorhaben nicht vergeblich war, daß ich mich in ihre Köpfe hineingefräst hatte, denn nicht meine Botschaften waren entscheidend, sondern daß sie mich in ihren kleinen Hirnen zurückbehielten als DIE, DIE UNS AUS DEN HÄNDEN GELESEN HAT.

Aber dann sah ich sie wieder kopf- und atemlos alles vergessen, vor allem sich selbst.

Für mich allein – das blieb mir – konnte ich sorgen und den Ort festlegen, der mir etwas sagen sollte in einer Zeit, die mir bekannt vorkam, als wäre ich hundert Jahre alt und nicht neun. Im Grunde ist dies Geschriebene, hervorgeholt, ein alter Hut.

Nur weil ich es eingefädelt hatte, stoben die Tauben jetzt am Bahnübergang auf, eilte eine Katze über die Straße in einen Garten hinein und kroch ein Fuhrwerk am Horizont über Feldwege. Ich ließ mir Zeit und fuhr noch langsamer, wenn ich an einem Kreuz vorbeikam, das die Hinterbliebenen für den Diskofahrer an einen der Alleebäume genagelt hatten. Als ein Mähfahrzeug in der Ausfahrt einer ehemaligen Genossenschaft wartete, ließ ich es herausfahren und blieb dann lange hinter ihm, wieder ohne ein Überholmanöver in Betracht zu ziehen.

Mein Vorhaben: das Elefantengerüst.

Hatte ich den Platz, der damals schon aussah, als wäre er etwas Übriggebliebenes, erst einmal erreicht, wollte ich ganz still stehen, und in mir sollte ein Zweiglein brechen, vor meinen Augen sollte es schimmern und die Dinge verzaubert liegen. Ich wollte den Rost dieses Gerüstes unter den Fingern spüren, mir eingestehen, daß mit Worten darüber nichts zu sagen war, und gereift wollte ich zurückkehren, ein Stück Illusion verloren oder wiedergeholt, das würde sich entscheiden, aber ein warmes Gefühl sollte sich über die Erinnerung legen, nun bei Realität betrachtet. Im alten Hotel wollte ich übernachten, dort mit dem ebenso alten Wirt plaudern, über Namen (die ich nicht kannte), über sein Versagen in alter Zeit, dem ich mit Verständnis entgegenkommen wollte, untermalt von eigenen biographischen Irrwegen. Leer würde es sein in dem ehemaligen Hotelrestaurant, in das kein Soldat mehr kam, weil die wenigen Wehrdienstwilligen am Wochenende nach Hause fahren durften. Und die Tische, über die früher so manch Uniformierter schon am Sonntagnachmittag betrunken gestürzt war, wären zwar nicht mehr die alten, trügen jedoch noch immer den Charme in sich. Betrunkenen Soldaten saß das Geld locker. Dafür mußten die Mädchen aus dem Ort, die mit ihnen zum Vierzehn-Uhr-Tanz gingen, den immergleichen Scherz ertragen, den Fremde vor den Einheimischen gern zum besten gaben. Während die Rekruten ihre Tanzpartnerinnen fest im Arm hielten, brüllten sie ihren Kameraden über die Tanzfläche hinweg zu: »Immerhin sind wir im Land der drei Meere: Waldmeer, Sandmeer und dann gar nichts mehr.« Die Mädchen zogen zwischen dem grölenden Gelächter ringsherum ihre Glitzertücher fester um den Hals, lehnten die Köpfe an die Epauletten der schwitzenden Jungen und schlossen ihre traurigen Augen.

Müßig zu sagen, daß die Einfahrtsstraße zum Dorf eine glatte asphaltierte geworden war, obwohl mich dies und auch die Einkaufsmärkte nicht irritierten. Allerdings mußte ich im Zentrum bei Rot stehenbleiben, die Kreuzung vor einem Rathaus, in dem früher die Kinderbibliothek untergebracht war, hatte sich in einen Verkehrsknotenpunkt verwandelt. Keinen Zentimeter war ich von der Hauptstadt weggekommen. Ich fuhr an der Kirche vorbei, die auch jetzt noch ein

Relikt aus alten Zeiten für mich war, ein Gebäude, an dem man vorbeiging, ganz selbstverständlich, bis ich an den eigentlichen Platz kam, von dem ich dachte, daß dort ein paar Kinder verstohlen zu mir herüberblicken sollten. Ich würde sie Belangloses fragen, und sie sollten merken, daß mich mit diesem Platz etwas verband, seit Jahren schon, noch bevor ich zu ihm zurückgekehrt war.

Viel zu früh war es, daß ich mich an meine Kindheit erinnern mußte, als lägen fünf Staaten und nicht nur einer zwischen uns, als könnte ich es mir leisten, von einer Kindheit zu träumen, der ich doch gerade erst entkommen war.

Natürlich gab es nichts mehr auf diesem Platz, nicht den Kletterelefanten, nicht die Stangen, an denen ich mir feuerrote Kniekehlen geholt hatte, nicht den albernen Autoreifensteg, auch hier ein Einkaufszentrum zwischen die Blocks gequetscht.

Dieses Bild war nicht zum Einprägen gedacht. Trotzdem ging ich in es hinein und setzte mich auf die Stufen vor dem Markteingang, wie ich jahrelang gesessen hatte auf dem Rüssel mit dem Blick hinüber zu den Neubaublocks, als gäbe es das Neue in meinem Rükken nicht. Obwohl ich feststellen mußte, neu war auch das vor mir: Das fünfte Stockwerk fehlte. Sauber wie bei einem Frühstücksei hatte man das Haus geköpft, ihm den Hut gelüftet. Und statt dem gewohnten Graubraun stand es in einem herzlichen Minzeton da.

Es war nicht das erste Mal, daß ich gezwungen wurde, meine Augen zu schließen. Gleichzeitig war ich aber erleichtert, daß von meiner Geschichte nicht mehr übriggeblieben war als ich selbst.

*I*n der saß ich allein auf dem Gerüst an einem Samstagnachmittag, der schon Jahrzehnte dauerte. Nichts
änderte die Situation, das Leben dieser Stadt war ein
einziger Samstagnachmittag. Der Schnitzelgeruch vom
Vormittag und die Männer, die in Unterhemden ihre
Autos wuschen, waren verschwunden. Die Mütter
preßten ihre Zeigefinger vor den Kindern auf die Münder, zogen wortlos die Rollos herunter und schlugen
die Türen ihrer Zimmer zu. Die Väter sagten nichts,
oder sie riefen die Mütter zum Mittagsschlaf. Als ich die
Stufen im Haus hinuntergegangen war, lagen alle Wohnungstüren nur angelehnt, damit die Kinder ohne zu
stören hineinkamen, für die Toilette oder um etwas zu
trinken. Da vor dem Haus keines der Kinder zu sehen
gewesen war, hatte ich die Nachbarblocks umrundet
und auch ein Stück weiter bei den Garagen gesucht,
aber niemand hatte sich gefunden, der verfügbar gewesen wäre. Man hatte vielleicht Stubenarrest, kurierte
blaue Flecken von den Koppelschlägen des Vaters aus
oder mußte mit zum Laubenbauen in die Schreber-
gärten.

Schließlich hatte ich mich dazu überredet, bei den
Heins zu klingeln, obwohl ich nicht bereit gewesen
war, auch nur ein Wort zu wechseln mit dem stinkenden, fettigen Mädchen. In der Schule hatte ich die wun-
dersame Entdeckung gemacht: Sie roch aus den Ohren.
Aber keinem konnte man so gut Aufträge erteilen wie
ihr. Nie hatte ich erlebt, daß sie sich weigerte, aus
einem Vorgarten Blumen auszugraben oder kleinere
Kinder an das Elefantengerüst zu hängen, wenn sie
noch zu ängstlich waren, um alleine wieder abzusprin-
gen. Sie ließ sie quieken wie kleine Schweinchen, bis

ihre Hände dunkelbraun vom Rost und der Anstrengung geworden waren. Ich stand daneben und piekte ihnen von Zeit zu Zeit mit einem Stöckchen in den Bauch.

Als Heins Tochter im ersten Stock das Küchenfenster öffnete, um nach dem Klingler zu schauen, strömte ein dumpfer, stickiger Geruch zu mir herunter. Ich machte eine Geste mit dem Kopf, die mir eine Frage ersetzen und das Atmen ersparen sollte. Sie sprach ebenso wortlos von Küchenreinigung, die ihr aufgetragen worden war, was ich als geringes Übel ansah. Heins Tochter öffnete sofort, als ich mich um des Nachmittags willen anbot, das Übel und damit die Zeit zu teilen. Aber vor allem trieb mich die Spannung einer unbekannten Tür, denn niemand ging einfach so in Heins Wohnung, womöglich zu Besuch. Der Name war im Ort zu einer Chiffre, einem Zeichen geworden, das nicht nur die Kinder durch ein naheliegendes Reimwort veranschaulichten.

Als ich in die schmale Küche trat, sah ich sofort, wie sich dieses Zeichen mit Leben füllte, ja, wie es zu klein wurde, um all das aufnehmen und ausdrücken zu können, was hier vor mir lag. Ich trat in den Raum wie in das Zeichen selbst. Ein Blick reichte, und Heins Küche hatte sich mir eingebrannt wie unsere Kinderschrift in die Lötbrettchen, die wir in der AG Werken anfertigten.

Sie glich in nichts einer gewöhnlichen Küche, aber in allem einer archäologischen Ausgrabungsstätte, die dank einer dreitausend Jahre alten Lavadecke noch tadellos erhaltene Funde barg. Viele Wissenschaftler hätten sich vor Freude die Hände auf die Wangen geschlagen, denn wie unverfälscht klebten hier die verschimmelten Essensreste in den Hunderten von urzeitlich verrosteten Töpfen, wie gut sichtbar noch all die ausgelaufenen Soßen, Bierreste und anderen Flüssigkeiten, die inzwischen das Interesse nicht weniger Insekten auf sich gelenkt hatten. Kaum eine der zahlreich geleerten Flaschen war zu Bruch gegangen. Sie standen in kleinen braun-weißen Grüppchen auf dem Linoleum herum. Die verklebten Schüsseln, Tassen, Teller und Besteckmassen türmten sich als Werke einer meisterhaften Statik in der Spüle, auf dem Tisch, dem Fensterbrett und auch dem breiten Heizkörper. Dazwischen waren Heringe erkennbar, in Zeitungspapier gewickelt, die vermutlich erst vor wenigen Monaten selbst gefangen und zur Lufttrocknung dort gelagert worden waren. Kaffeesatz auf Boden und Herd, Obst- und Eierschalen, Nudelreste, die phantastische Farbvariationen durchlaufen haben mußten, ließen keinen Zweifel: Ich war die erste, die an diese seit Jahrhunderten unberührte Landschaft Hand anlegen würde. Ich war ein Pionier.

Ich sperrte das Fenster weit auf und begann mit von Faszination durchmischtem Ekel die Schabearbeit.

Nach dem Verbrauch von sechs Lappen und zweihundert Litern Wasser ging der Nachmittag in seine späte Phase, ich aber war von einer Besessenheit gepackt worden, die mich kaum aufschauen ließ. Die Vorstellung von mir als einem Engel oder Timur teilte ich allerdings nicht mit Heins Tochter, die schon nach kurzer Zeit in einem der drei anderen Räume der Neubauwohnung zu tun hatte. Beobachtet wurde ich hin und wieder nur von einem großen Kaninchen, das mit Beunruhigung zusah, wie seine letzten Nahrungsgründe vernichtet wurden, und eine Spur von Hobelspänen hinter sich herzog, wenn es durch eine Pendeltür aus seinem Holzkasten sprang.

Als die natürlichen Oberflächenfarben der Küchenmöbel zum Vorschein gekommen waren und der Geruch auf ein erträgliches Maß zurückgedrängt worden war, klappte die Wohnungstür. Ich wischte mit einem letzten Schwung über die angelaufene Spüle und streckte mich kurz durch zwischen den nun geraden klaren Linien.

Frau Hein erschien im Türrahmen.

Sie war von eindrucksvoller Gestalt. Nicht nur, daß sie kleiner war als ich, die große gebogene Nase, das pockennarbige Gesicht und ihr strähniges grauschwarzes Haar genügten schon, um sie in vielen Kinderträumen als bekannte Märchenfigur auftreten zu lassen. Doch das Besondere an ihr war, daß ein wirklicher Buckel auf ihrem rechten Schulterblatt prangte, der in eine merkwürdige Symmetrie mit ihrer schiefen linken Hüfte trat und den ich immerzu anschauen mußte. Neben diesem Körper besaß Frau Hein auch siebzehn Geschwister, wie ich von ihrer Tochter bei einem unserer sporadischen Ausflüge erfahren hatte.

Ich stand immer noch stumm vor der Spüle. Frau Hein fragte krächzend in die Wohnung hinein, warum die Schuhberge im Flur nicht geputzt worden seien, und stellte einen Beutel auf den Tisch, in dem Flaschen klapperten. Dann hinkte sie ins Schlafzimmer, da im Wohnzimmer ein riesiger Wäschehaufen den Zugang versperrte. Ich hörte, wie sie von innen den Schlüssel herumdrehte.

Ich ließ Heins Tochter mit dem Lederberg allein und ging mit meinen aufgeweichten Händen zum Elefantengerüst zurück. Die Samstagssonne flutete schon tieforange über die Häuserdächer. Matt legte ich mich auf die Metallstangen und hörte in den staubigen Sand unter mir.

Immer noch nicht ist der Tag zu Ende, als sich ein Geräusch in meine Gedanken mischt. Ich hebe den Kopf und sehe Herrn Szikoleyt auf dem Minirad seiner Frau vorbeifahren. Alle Männer benutzten die Miniräder ihrer Frauen, wenn sie zum Dienst fuhren. Klein und in ihren feldgrauen Uniformen traten sie auf den quietschenden, kaum die Luft haltenden Rädern in die Pedale. Die Frauen nahmen den Bus zur Arbeit, denn die Gießerei und das Elektromotorenwerk lagen außerhalb der Stadt.

Aber es ist nicht das Quietschen des Rades, das mich meinen Kopf heben läßt. Im Grunde ist es kein Geräusch, sondern vielmehr ein sanftes Heranrollen, das mir so unbekannt und selten gehört vorkommt, daß es mich weckt. Und als Herr Szikoleyt aus dem Bild verschwunden ist, sehe ich den Wagen, zu dem dieses Ungeräusch gehört. Er ist nicht von hier, aber ich habe ihn auf Zeitschriften gesehen, die abtrünnige Cousinen und andere Verwandte frech auf dem Wohnzimmertisch zu liegen haben. Aus zusammengekniffenen Augen sehe ich, wie aus diesem Wagen Personen steigen, die in ein Haus gehen, und wie aus dem gleichen Eingang wenig später zögerlich eine kleine Person auf das Gerüst und mich darauf zukommt. Ein Exot, in Rosa und Hellblau gekleidet.

Da seine Schritte nicht gerade stürmisch sind, bleibt

mir Zeit, vom Elefantenrücken auf den Rüssel zu wechseln, den er auf jeden Fall benutzen muß, wenn er nicht wie ein Hohlkopf auf der abgeschabten Wiese stehenbleiben will. Ich werde wach und lebendig. Für einen kurzen Moment bleibt der Exot unschlüssig vor dem Rüssel stehen, erklimmt dann aber langsam die ersten Sprossen des Gerüstes. Schweigend setzt er sich in einigem Abstand auf die rostigen Stangen, die für die Stoßzähne stehen.

*A*us aufgesperrten Augen schaue ich auf ihn, er blickt in eine andere Richtung. In der Abendsonne scheint es, als würde er glänzen, auch wirkt er sehr prall und sogar ein wenig fett. Nach einer Weile dreht er den Kopf und sieht aus den Augenwinkeln scheu zu mir herüber. Er hat seine rosigen, weichen Händchen auf die Knie gelegt und wartet ab. Unruhig rutsche ich vor mich hin und rücke dem schillernden Vögelchen, dessen zuckriger Geruch zu mir herüberweht, schließlich näher. Die leckere Frucht dort neben mir bringt meinen Speichel zum Fließen, und als ich noch näher komme, sehe ich, wie das Exötchen zu schwitzen beginnt und sich in diesem Zustand windet. Mein dunkelblauer Trainingsanzug mit Reißverschluß muß ihn verschreckt haben. Wie ein alter kratziger Sack muß er ihm vorkommen, den man über duftende Exoten wirft, um sie an dunklen Orten zu vernaschen. Seine farbenfrohe Wäsche würde ich, wäre er erst einmal erledigt, auf meinen Sonntagsstapel legen. Recht unvorsichtig erscheint es mir, daß er sein bestes Gefieder achtlos wie ein Alltagskleid trägt und damit noch nicht einmal kokettiert. Es ist daher auch nicht verwunderlich, daß er in meine Trägheit fällt wie ein glitzerndes Ei in eine Gruppe verschlafener Reptilien, deren Sinne mit einemmal aufs höchste geschärft sind. Als ich noch näher rücke, zieht der Geruch eindeutiger in meine Nase: Die hell-klaren Düfte steigen nicht aus seinem Fleisch, sondern der Kleidung. Ich schnuppere, bis ich begreife, daß das, was ich einsauge, die Abwesenheit eines Duftes ist.

Immer noch schweigt er.

Ich muß ihn wohl locken, vielleicht würde er gern über Garagendächer jagen oder Schefferts Hühner an den Zaun binden. Doch wahrscheinlicher ist, ich bin ihm zu fremd, verboten vielleicht, oder errege auch einfach nur Mitleid.

Wer nur schweigen will, läßt sich vermutlich nicht durch Konversation erweichen, obwohl mir ein Satz auf der Zunge brennt. Eine einzige Frage soll er mir beantworten, eine Frage, jetzt, da ein echtes Exemplar seiner Art vor mir sitzt, will ich es wissen. Denn so, wie er aussieht, scheine ich mit meinen Vorstellungen nicht richtigzuliegen: Waren Exoten auf Abbildungen im Lehrbuch nicht barfüßig und rußig von Schloten?

Aber lassen Sie mich ehrlich sein: Beschämen wollte ich den Fremdling, er sollte sein baumwollnes Kostüm noch verabscheuen lernen. Ich muß die Frage fragen.

Er schweigt noch immer, hebt aber die Hand an seinem zarten Gesichtchen vorbei. Und beginnt, sich in seinen langen Locken zu kraulen.

Und ich frage:

»Wie ist denn der Kapitalismus so?«

Jetzt endlich hebt er den Kopf, sieht mich an, und ich blicke in die Augen eines weinerlichen Exoten. Sein

Mund und die Schultern zucken. Ich aber habe kein Erbarmen.

»Du weißt nicht, daß du im Kapitalismus lebst?« quäle ich ihn noch einmal und schlage mir die flache Hand vor die Stirn, während der Exot noch ein bißchen weiter krault.

Wir blicken in verschiedene Richtungen, der Exot vor sich hin, ich zu den Blocks hinüber.

Immer noch ist Samstag.

Und irgendwann an diesem Samstag springt er plötzlich auf, vor Erleichterung mit großem Schwung in den trockenen Sand unter ihm, so daß Staub zu mir hochweht, und läuft über die graue Fläche, kaum daß ihn seine Mutter zurückgerufen hat. Dort wirft er sich ängstlich und triumphierend zugleich in ihre Arme, sieht mich aus dieser Entfernung herausfordernd an, den Körper gegen den Bauch der Mutter gedrückt.

Aber ich hatte meinen Kopf schon weggedreht, als jemand hinter mich trat.

Er sagte nichts, zeigte nur auf das Schild an der Tür, das das Sitzen vor dem Markteingang verbot. Ich senkte die Augen. Dann ging ich die Stufen hinauf und öffnete die Tür zum Markt. Kühle zwischen den Regalen und Truhen.

Ich trotte zwischen den Reihen hindurch, vorbei am Käse- und Wurststand, vorbei an eisigen Torten und Fisch hin zu den Vorräten an Bier. Und als ich endlich in die Halle blicke, ist zwischen den Truhen nicht nur Kühle, sondern auch ein Buckel, der über den gefrosteten Pizzen und Broten hüpft. Die Frau hat schwarzgraue Haare, trägt einen weißen Kittel mit

Badelatschen und beugt sich mit einem Mop tief über die Kacheln, auf denen sie herumwischt. Sie ist dem Fußboden so nah, daß sie nicht merkt, wie ich zweimal um sie herumgehe. Trotzdem nehme ich eine Packung Duftkerzen von einer Auslage und halte sie so in der Hand, als könnte mich ihr Preis interessieren. Abwechselnd sehe ich auf die Kerzen und wieder zu der Frau. Mit ausladenden Bewegungen stößt sie den Mop bis kurz vor meine Füße, ohne aufzusehen. Dabei beugt sie ihren Rücken nicht, sondern ist tatsächlich so klein. Klatschend wirft sie den nassen Mop auf die Kacheln und drückt ihn kräftig aus, so daß der Boden ein Spiegel wird.

Und mit einemmal leuchtet aus der Vergangenheit etwas zu mir herüber, das mir bis jetzt entgangen war. Zum ersten Mal sehe ich es, und meine Wangen glühen.

Denn am Abendbrottisch schwieg die Familie, als ich an diesem Samstagabend erschien, zu spät. Der Vater atmete durch die Zähne und hielt das Besteck sehr fest.

Endlich sagte er wütend: »Mußte das sein auf dem Gerüst?«

Die Mutter hob die Augen, was bedeuten sollte, daß eine Erwiderung nicht nötig war.

Mein Paß fiel mir ein, das Statut, die Regeln. Dies alles widersprach einem Gespräch mit Exoten. Die Übertretung des vierten Gebots.

Mein Staat hält Überraschungen bereit. Der liebe. Überraschungen, die mir in den Nacken springen, so daß ich mich ducke und die Augen zusammenkneifen muß. Nach so langer Zeit! Denn erst jetzt, während

ich auf das Kaleidoskop in den Regalen mit der Mop-
frau gegenüber schaue, fällt mir ein, daß erst Jahre nach
dem Exotenabend ein Telephon in unsere Wohnung
getragen und sogar angeschlossen wurde, und der Vater
hatte trotzdem gefragt, mußte das sein.

Und dann geht ein Riß durch die Landschaft. Von
ganz allein.

Dabei habe ich mich in meiner Geschichte doch gar
nicht bewegt.

Herr Quantitschek will fliegen

Man kann es drehen und wenden, wie man will, der Quanti bleibt zu langsam.

So sagte es die Angestellte mit den blauen Augen von der Kuchentheke. Ich habe es gehört, als ich mich hinunterbeugte, um in das Flaschenheer hinter dem Tresen zu greifen und nach den verschiedenen Verschlußkappen zu tasten. In der Dunkelheit fühlten meine Finger kleine praktische, aber auch große verspielte, die auf majestätischen Inhalt schließen ließen. Unmöglich war es allerdings, darunter den Holunderwein ausfindig zu machen, den der Direktor selbst abfüllte und nun einem Geschäftspartner anbieten wollte. Und während ich auch die Flaschenhälse zu Hilfe nahm, sprach sie weiter, daß ich mit meinen Beinen wie dickliche Knetrollen natürlich Probleme hätte, die geschwungene Treppe im Zentrum des Cafés mehrmals am Tag hinaufzusteigen, um die Gäste im zweiten Stock, den sie Galerie nannte, zu bedienen. Auch würde ich kaum etwas tragen und lächerlich wirken mit meinen zwei Schnapsgläschen, die ich auf dem kleinen Silbertablett durch die Menschengruppen an den Tischen trage. Und niemand würde heute noch in einem Café die weiße Serviette über den Arm legen, um mit steifem Oberkörper und kurzen Beinen gleichmäßig langsam seinen Dienst zu verrichten. Nicht, daß ich nicht selber sähe, wie die anderen Angestellten durch den Raum jagen, um auf dem Weg in die Küche noch eine Bestellung entgegenzunehmen oder einen Aschenbecher zu reichen und auf dem Gang an den Tisch über die beladenen Arme hinweg Preisauskünfte zu erteilen oder Kinderstühlchen und -sitzkissen heranzurücken. Die Rechnungen tippen sie ein, während sie Servietten falten, das Besteck nachsortieren und Tortenstücke auf Teller schieben. Über allem fliegt währenddessen rauschend der Ventilator wie der Propeller meines Flugzeugs, für das mir nun wieder mehr Zeit bleibt, und schließlich will ich es ja bis zum Winter noch schaffen.

Nichts dergleichen tat ich, nicht etwa, wie die Angestellte wohl annehmen mußte, aus Bequemlichkeit oder gar körperlicher Schwäche, nein, mein Ziel war nur, eine gewisse Klasse zu vermitteln, wie ich es gelernt habe. »Geschmeidigkeit und Rhythmus, Quanti«, pflegte mein Lehrer zu sagen, »sind die wichtigsten Tugenden, auch beim Ergänzen der Petersilie am Buffet.«

Doch gerade sonntags strömten die Gäste durch das Hauptportal aus dem Park heraus und wurden über die große Drehtür in das Café hineingespült, oder sie erhoben sich, streckten ihre Gliedmaßen bis zu den Nachbartischen und ließen sich in umgekehrter Richtung von der Tür hinaus in die Natur schleusen, wo sie den hinuntergeschlungenen Kuchen verdauten. Gerade sonntags brauchten sie Aushilfsangestellte, obgleich diese Bezeichnung nicht der höheren Ausbildung entspricht, die ich 1938 am Cecilienhof genossen habe.

Aber die Familie hat mich sofort angemeldet, als sie den Aushang »Stellen ein« an einer der großen Scheiben sah. »Weil du Bewegung brauchst«, hatte die Tochter gesagt. »Und weil du dein Zimmer in unserem Haus bezahlen mußt«, hatte der Schwiegersohn angefügt. Früher mußte ich nichts bezahlen, aber seit zehn Jahren ist alles teurer geworden, und da mußte ich dem Schwiegersohn die Rente geben. Sie lassen das Haus erneuern, deshalb ist auch der Preis für mein Zimmer gestiegen.

Ihr Gedanke war wohl kein so übler, denn ohne die drei Stunden sonntags hätte ich nie Herrn Slupko kennengelernt. Herr Slupko kommt ebenfalls jeden Sonntag ins Café und spielt die Geige. Nach Dienstschluß setzt er sich oft zu mir. Dann trinken wir zusammen einen kleinen Schlehdornlikör. Ich habe eine Weile überlegt, ob ich ihn in meine Pläne mit dem Flugzeug einweihen soll, aber irgendwann habe ich es ihm einfach vorgeschlagen. »Ich nehm' dich mit, wenn es soweit ist«, habe ich zu Slupko gesagt. »Dann reisen wir gemeinsam.« »Ja, Quanti«, hat Slupko geantwortet, «ich muß jetzt spielen, Quanti, »ich muß jetzt spielen.«

Ich tastete immer noch, auf die Rede der Angestellten lauschend, in der Dunkelheit unter dem Tresen herum. Wohl etwas zu tief steckte mein Arm in dem metallenen Regal, denn als ich mich wieder aufrichten wollte, glitt der kostbare Weinbrand in der ersten Reihe vom glattpolierten Metall und zersprang. Das Gemurmel an den umliegenden Tischen verstummte, einige

Gäste sahen zu mir herüber, und ich zeigte ihnen die letzte Flasche Holunderwein, die ich schließlich am staubigen Etikett erfühlt hatte. Wenig später hörte ich die Stimme des Direktors. »Herr Quantitschek«, rief er durch die Zähne und bat mich zu sich. Ich nahm mein silbernes Tablett und ging zu ihm. Er hatte die Hände vor seinem Hosenschlitz ineinander verschränkt und wippte auf den Zehenspitzen. »Ich glaube, Herr Quantitschek«, sagte er und suchte wohl nach Worten, »ich glaube, es ist genug.« Er redete noch ein wenig weiter, um den anderen Angestellten seine Entscheidung mitzuteilen. Ich hob das glänzende Tablett in die Höhe und sah mich darin an. Der Direktor schaute betreten zur Seite. Dann rückte ich die Hornbrille zurecht und band meine Fliege ab. Als ich ging, packte Herr Slupko gerade erst seine Geige und eine Tafel Schokolade aus, von der er wie jeden Sonntag einige Stückchen aß, bevor er zu spielen anfing. Ich überreichte ihm die Fliege und verabschiedete mich.

Ein Segen war es, daß die Familie schon gegangen war, vor allem, weil der Junge wieder gelacht hatte: »Opa serviert.« Der Tochter war es immer peinlich, und sie waren schnell aufgebrochen. Als ich mit der Straßenbahn zu meinem Zimmer zurückfuhr, war ich doch froh, daß Frau Zadek heute nicht gekommen war. Schließlich habe ich im Café das erste Mal Gelegenheit gehabt, sie anzusprechen. An einem der Sonntage hat sie neben dem Blumenständer gesessen, und ich habe gesagt: »Guten Tag.« Frau Zadek hat aufgeschaut und gesagt: »Guten Tag, Herr Quantitschek.« Ich bin noch einen Moment neben ihrem Tischchen stehen geblieben und habe zugesehen, wie Frau Zadek ihren Zitronentee hinunterschluckte. Dann habe ich mich leicht verbeugt und bin gegangen.

Nicht, daß das Fliegen schon immer mein Traum gewesen wäre, nein, ganz plötzlich hat es sich herausgestellt. Seitdem ich den kurzen Artikel im »Havelanzeiger« gelesen habe. Die Tochter meint es gut mit mir und steckt oft Zeitungen und Post in meinen Briefkasten, die sie selbst nicht benötigt. So bekam ich den »Havelanzeiger« mit dem Artikel darin gleich zweimal. Ich interessierte mich gleich für die Vorgänge in einer Gemeinde weit im Osten hinter der Seenplatte, die von einem gewissen Herrn Kapluschka beschrieben wurden. Herr Kapluschka berichtete von Spieleabenden, die regelmäßig dienstags und freitags von den Bewohnern organisiert wurden. Vorzüglich spielte man ein Brettspiel mit dem Namen Liubospiel. Darin waren bestimmte Felder, die man durch Würfeln mit geschnitzten Stäbchen betrat, mit einem Aussetzen verbunden. Dieses wiederum mußte dafür genutzt werden, den umstehenden Mitspielern und Zuschauern Episoden aus seinem Leben zu erzählen. Es gab, so meinte Herr Kapluschka, nur wenige, die es darin zu einer wahren Meisterschaft gebracht hatten, denn Sieger wurde derjenige, der die immer gleiche Episode anders erzählte. Viele, vor allem junge Spieler, hätten sich versucht mit Reiseberichten und ähnlichem und doch nur ein Gähnen von den übrigen erlangt, das sie zum Weiterwürfeln zwang. Den Siegern aber war es gelungen, die Zuhörer mit derselben Geschichte einmal zum Weinen und Jammern, beim nächsten Mal aber zum erstaunten Lachen zu bringen. Ihr Geheimnis liegt wohl im Vermeiden der Wiederholung, hatte Herr Kapluschka gemutmaßt und angefügt, daß die Gewinner bis zu ihrer Ablösung durch den nächsten Sieger von den Gemeindebewohnern in vielerlei Hinsicht um Rat gefragt wurden.

Nur wenige Stunden später hatte ich mit dem Bau meines Flugzeugs begonnen, mußte aber bald schon feststellen, daß sich die Gemeinde auf den Flugkarten, die ich besaß, nicht finden ließ. Deshalb mußten wir vorher nach Gogolice, denn nur in meinem Gogolice konnte ich erfahren, wie man am besten nach Osten flog.

Wenn die Regenzeit im Herbst vorbei ist, wird es leicht sein, das Flugzeug auf dem Eissee anzuschieben. Bei günstiger Witterung könnten wir uns von dem Hügel einfach auf die Eisdecke rollen lassen und so den Hauptschwung ausnutzen. Dann wären wir nach einer Stunde bereits hinter dem Wäldchen von Zarnewanz und gleich darauf über Gogolice. Auch hat man im Winter eine bessere Orientierung, was Grenzen und andere Markierungen betrifft. Im Winter schmerzen die Augen nicht, denn der Schnee macht die Welt klar, man kann die Route nicht verfehlen. Während im Sommer vielerlei für Ablenkung sorgt, werde ich im Winter mit Herrn Slupko an der Seite gleich den Rauch aus dem Wirtshaus erkennen. Wir werden auf dem Dorfplatz landen, und Slupko wird von der Stille überrascht sein und sich wundern: »Aber dein Gogolice ist ja ganz in der Nähe.« »Aber nur mit dem Flugzeug zu erreichen«, werde ich ihn erinnern müssen. Slupko sollte sich nicht beunruhigen, deshalb

werde ich ihn einen Punsch trinken lassen und allein
mit dem Wirt, der nicht nur ein Wirt ist, in das
hintere Zimmer treten. Nicht, daß er an unredlichen
Geschäften beteiligt wäre, nein doch, vielmehr war
sein so redliches Handwerk inzwischen kaum noch
gefragt und deshalb ins Hinterzimmer abgedrängt worden. Denn schon Ladis Großvater war einer der besten
Kartenschreiber gewesen, der hin und wieder für die
Fürsten besondere handkolorierte Jagdkarten ange-
fertigt hatte. Bald hatte sich herausgestellt, daß auch
sein Sohn, Ladis Vater, und Ladi selbst sich auf diese
Arbeit verstanden. Sie zeichneten Wälder, Seen und
sogar Häuser ein, die niemand vor ihnen gesehen
hatte. Es ist wohl Ladis Familie zu verdanken, daß
die Karten heute immer noch und ohne Bedenken
aufs genaueste benutzt werden können. Nur Ladi
konnte die Karte haben, die ich benötigte, wenn ich im
Winter mit Slupko als Kopiloten über das Wäldchen
herangeflogen käme. »Nun, Ladi«, werde ich sagen,
»gib mir die Karte, Ladi, die bis hinter die Seenplatte
reicht.«

Meine ganze Sorge bei diesem Unternehmen gilt
den Fähigkeiten von Herrn Slupko, denn ich brauche
jemanden, der mit dem Navigationssystem zurecht-
kommt. Natürlich könnte ich es selbst übernehmen,
aber ich habe genug mit dem Steuern der Rumpfnase
zu tun. Bis zum Winter muß Slupko das Handbuch
studiert haben, das ich für ihn herausgesucht habe. Es
ist nicht nur mein persönliches Orientierungsgefühl,
das im Winter weitaus geschärfter ist, auch habe ich zu
bedenken, daß es zu kalt sein wird, um das Flugzeug
in der Größe, auf die ich es inzwischen gebracht habe,

noch länger hier bei mir zu haben, ohne daß es auf-
fliegt.

Lange Zeit befürchtete ich, sie könnten es entdecken, während ich im Café arbeitete, aber meistens
fuhren sie an den Wochenenden fort zu Möbelhäusern
oder neueröffneten Baumärkten, die auf den Feldern
vor der Stadt standen. Doch als mich diese Gewißheit
beruhigt hatte, folgte der nächste Schrecken, denn bald
reichte das Zimmer nicht mehr, das Geheimnis für sich
zu behalten. Ich mußte zwei der drei Fenster öffnen,
damit die Tragflächen nicht die Tapeten und das dahinter liegende Gemäuer zerstörten. Glücklicherweise
schauen sie nie herauf, wenn sie das Gras mähen oder
Primeln in den Vorgarten setzen. Nur Frau Zadeks
Blick könnte eines Tages darauf fallen, während sie
unter ihrer karierten Decke zwischen den Stauden
in den Tag horcht. Aber Frau Zadek hält die Augen
gewöhnlich geschlossen.

Es ist wahr, daß ich mich schon manches Mal
dabei ertappt habe, wie ich mir wünschte, sie würde
es entdecken und mich bitten, ihr die Konstruktion
im allgemeinen und die Funktionen im einzelnen zu
erklären. Dann klopfe ich mit dem Hämmerchen,
das ich in der Kiste mit dem ausrangierten Spielzeug
des Jungen gefunden habe, besonders hartnäckig auf
den metallenen Flügeln herum oder huste stark, während ich am Fenster stehe und die Düsen überprüfe.
Doch meistens muß ich mich erst weit aus dem
Fenster lehnen, von wo aus ich sie in ihrem Garten
sitzen sehe. Dann rufe ich eine Begrüßung über
die Fliederwand. Frau Zadek nickt müde und lehnt
sich wieder in die gestreiften Polster ihres Sonnen-

stuhls zurück. Ich darf sie nicht aufregen, sie ist ganz allein.

Vieles hält mich ab vom Bau. Vor ein paar Tagen haben sie den Jungen hochgeschickt, weil er etwas angestellt hatte. Als ich ihn so unschlüssig zwischen den Möbeln herumstehen sah, sagte ich mir: Quanti, du warst auch mal jung, und hab' ihm eine Partie Canasta vorgeschlagen. Ich hatte Bedenken, daß er nach der Konstruktion fragen könnte, wenn ich ihm viel Zeit lassen würde, sich zu langweilen. Aber er zuckte nur mit den Schultern und richtete eine Plastikpistole auf mich, die er aus einer Seitentasche seiner Hose gezogen hatte. Ob ich nicht einmal einen Fernseher hätte, hat er mich trotzig gefragt. »Aber natürlich«, hab' ich erleichtert geantwortet und das alte Junost-Gerät aus der braunen Truhe gehoben. Ich entschuldigte mich, daß er für jede Einstellung einen Knopf mit der Hand betätigen mußte, und für die weißen Streifen, die über das graue Bild liefen, denn ich sah, daß er bald den Spaß verlor. Daran habe ich sofort gemerkt, daß er mir kaum eine Hilfe beim Bau meines Flugzeugs gewesen wäre, obwohl er kleine Hände hat und ich sehr gut jemanden gebrauchen könnte, der seinen dünnen Arm in die Triebwerkgondeln schiebt, um die Düsenventile aufzuschrauben.

Doch öfter als der Junge kommen Männer, die mir Staubsauger oder Fensterputzmittel vorführen. Ich weiß, daß es eine nette Geste des Schwiegersohns ist, und darum beschwere ich mich nicht. Er schickt sie zu mir hoch, weil er meint, ich bräuchte vielleicht Unterhaltung. Er kann nicht wissen, daß mich mein

Projekt beschäftigt. Meistens lasse ich sie ihre Sachen auspacken, und sie beginnen mir alles zu erklären. Sie machen einen verschwiegenen Eindruck. Niemand von ihnen interessiert sich für das Flugzeug, an dem ich weiterbaue, während sie auf kleine Trittleitern steigen, um von dort Raumduftapparaturen an die Lampen zu hängen oder Gardinen auszubreiten, deren Quasten und Fransen über den Teppich fallen. Ich möchte nicht unhöflich sein und befühle das Material oder erkundige mich nach Dienstleistungen aller Art der Firma. Leider ist nie jemand dabei, der Werkzeug oder Ersatzteile für Flugzeuge anbietet, auch wären mir Kapuzenhelme und Schutzbrillen sehr recht, vor allem, weil Herr Slupko keine eigene Flugausrüstung besitzt.

Gestern nacht hörte ich zum ersten Mal ein unbekanntes Geräusch in meinem Raum. Nicht daß ich aus dem Schlaf aufgeschreckt wäre – nein, gerade hatte ich mich in die Überlegung vertieft, ob ich nicht besser über Godkow fliegen sollte und ob es nicht günstiger wäre, eine schneefeste Bereifung zu wählen, als die Tür aufgedrückt wurde. Schnell habe ich den Kopf zur Seite gedreht und mich bemüht, gleichmäßig zu atmen. Noch als sich das Holz knarrend aufschob, habe ich gerochen, daß sie es waren. Zum ersten Mal. Steif bin ich unter der Decke liegen geblieben und habe darauf gehört, wie sich die beiden in den Raum drängten. Ich habe gespürt, wie sie eine Weile ratlos gewesen sind, dicht beieinander, und sich wortlos etwas gefragt haben. Dann hat der Schwiegersohn angefangen, mit einer Taschenlampe durch das Zimmer zu leuchten, und die Tochter hat mit der Hand durch die Luft gefächert, um ihm zu sagen, daß ich aufwachen könnte. Als ich meinen Kopf ein wenig hob, traf der Taschenlampenstrahl gerade auf den metallenen Rumpf des Flugzeugs und ließ den Raum wie unter einem Blitz aufscheinen. Erschreckt zog ich meinen Kopf ein, aber der Sohn beschäftigte sich schon mit der Kommode. Ich habe gehört, wie er den kleinen tönernen Doppeldecker aufgeklappt hat, der eigentlich ein Aschenbecher ist. Aber ich rauche ja nicht, und da habe ich seit eineinhalb Jahren das Trinkgeld aus dem Café hineingetan. Der Sohn hat es gezählt, die 153 Mark aber glücklicherweise wieder zurückgesteckt, denn die brauche ich für den Treibstoff. In einer ahnungsvollen Stunde habe ich schon vor längerer Zeit die beiden Artikel von der Wand genommen und zusammengefaltet in meiner Schlafanzugjacke verstaut, denn ich wußte, daß man sie nicht beunruhigen durfte. Sie wollten sicher nicht, daß die Familie getrennt wurde. Quanti, hatte ich mir vor einiger Zeit schon gesagt, mach nicht die ganze Welt mit deinem Wegflug verrückt, sie werden besser drüber wegkommen, wenn sie nicht darauf vorbereitet sind.

Ich habe mich gewundert, daß sie nichts sagten beim Anblick des Flugzeugs. Auch sind sie sehr versiert zwischen den Schrauben, losen Teilen und dem Werkzeug herumgestiegen, so als wären sie aus Watte und nicht aus Eisen.

Ich horchte auf ihr Atmen und das Geräusch ihrer Hände, mit denen sie über die Tapete strichen.

»Zwei Meter fünfzig hoch«, flüsterte der Schwiegersohn.

»Vier Meter dreißig lang«, flüsterte die Tochter.

»Drei Meter neunzig breit«, flüsterte der Schwiegersohn.

»Hinten nur drei Meter achtzig«, flüsterte die Tochter.

Ich habe gehofft, daß sie nicht auf die große Pendel-
uhr schauen. Sicher hätten sie gemeint, daß es nicht
vernünftig gewesen war, deren Bestandteile für die
Spanten zu nutzen, auf die ich die Blechhaut genietet
habe. Auch war nichts so geeignet für eine gelungene
Funkausrüstung wie die messingbeschlagenen Zahn-
räder und Zeiger aus dem Holzkasten.

Nachdem sie, sich gegenseitig puffend und treibend,
wieder durch die Tür verschwunden waren, habe ich
mich aufgerichtet. Auf keinen Fall durfte ich ihnen
meine Absichten erklären. Doch das war nun vielleicht
überflüssig geworden, längst mußten sie meine Pläne
geahnt haben, nun waren sie ihrer gewiß. Es gab nur
eine Lösung: Ich mußte mich weiterhin arglos verhalten.

*H*eute morgen haben sie mir gesagt, daß in der Kreisstadt ein Seniorenetablissement eröffnet worden ist,
wo ich gut versorgt wäre. Das Geld aus dem Café
würde genau reichen für die Miete. Ich verstehe sie,
denn das Küchenstudio, das sie im Haus einrichten
wollen, wird viel Platz brauchen. Mein Zimmer und
die ganze obere Etage wird in einen großen Raum verwandelt. Erst hat der Schwiegersohn mir angeboten,
ich könne in die Kellerräume ziehen, aber dort ist die
Decke so niedrig, daß mein Flugzeug ohne Kratzer
sicher nicht aufzustellen wäre. Ich wollte nicht, daß er

den Eindruck bekommt, ich täte alles nur wegen des Flugzeugs, und habe ihm gesagt, ich bräuchte mehr Licht und wolle deshalb lieber in das Heim.

Viel Zeit hatte ich nicht, schnell haben sie meinen braunen Koffer gepackt, weil ich noch pünktlich zum Mittagessen eintreffen sollte. Als sie ihn hinuntergebracht haben zu ihrem Wagen, hatte ich Gelegenheit, die restlichen Schrauben in einer Keksbüchse zu verstauen. Ich habe noch einmal alle Funktionen überprüft und die große Propellerschraube mit Elsterglanz geputzt. Wenn nur die Bauarbeiter, die täglich an der Fassade arbeiten, keine Farbe auf die Tragflächen spritzen lassen. Gut, daß noch nicht Winter ist, durch das Gerüst würde ich das Flugzeug nie bekommen, ohne daß es Schaden nimmt. Als sie dann oben in der Tür standen und darauf warteten, daß ich meine Jacke anzog, habe ich so getan, als müßte ich mir die Nase putzen, um es mir noch ein Weilchen anschauen zu können. Im Winter komme ich zurück und hole es. Auch zwischendurch könnte ich mit dem Bus aus der Kreisstadt kommen, um es zu pflegen. Der Sohn hat mit den Fingern auf den Türrahmen getrommelt und die Tochter kurz angeschaut. Vielleicht besitzt das Heim große Garagen, in die ich es für eine vernünftige Miete stellen kann. Dann hole ich es schon früher ab. Die zwei Decken habe ich erst über die Sitze gelegt, nachdem sie schon hinuntergegangen waren. Ich wollte nicht, daß sie dachten, ich wäre nostalgisch.

Draußen hat es schon nach Schnee gerochen, obwohl doch noch alles blüht, aber ich glaube, hier und da fiel bereits ein Blatt zu Boden.

Ein bißchen leid tat es mir schon, mein großes schönes Flugzeug auf dem gemusterten Teppich zurückzulassen. Durch die hintere Scheibe im Wagen habe ich genau gesehen, wie es die Flügel durch die Fenster steckte, wie jemand, der winkt. Aber Quanti, habe ich mich ermahnt, denk bloß keinen Unsinn. Als wir an dem Garten von Frau Zadek vorbeigefahren sind, habe ich einfach die Scheibe heruntergekurbelt, meinen Kopf hinausgesteckt und gerufen: »Frau Zadek. Mein Flugzeug.« Aber sie hat die Augen nicht geöffnet.

Letzte Ausfahrt

Grün war die Bank, auf der sie saß. Der unbewegliche
Abend. Neben ihr Lampen, die die Mücken zurück-
schrecken ließen. Die Dämmerung war sehr sommer-
lich. Auf den Steinen vor dem Haus hätte man noch
Eßbares rösten können. Der Federball war in der
Dachrinne geblieben, der Schläger noch in der Hand.
Meine Schwester schaute, und die Luft stand neben
ihrem Gesicht. Vor einiger Zeit schon war der Sohn in
einer Soldatenuniform, von ihr selbst auf diese Größe
genäht, über das angrenzende Feld gelaufen und dann
auf den selbstgebauten Hochstand gestiegen, auf dem
er immer noch thronte. Auch er schaute wohl auf
nichts, saß mit dem Rücken zu ihr in dieser Tarnkluft
wie ein Fünfzigjähriger, rührte sich nicht, fühlte sich
vielleicht genauso angegriffen von diesem Sonnenun-
tergang, von dem meine Schwester annehmen mußte,
daß er als breites Grinsen in der Natur lag. Nichts
paßte weniger als Größe in diese Gegend und vor dieses Haus, das wußte man, aber meine Schwester wagte
es nicht zu denken, legte im Gegenteil den Kopf etwas
schief und tat, als besähe sie sich das Äußere. Nur
um nicht auseinanderzufallen. Und dann fragte meine
Schwester in das staubig-müde Gezirpe, das vom Feld

kam, lustig etwas hinein: »Wer also könnte einiges sagen über mich? Zum Beispiel darüber, daß ein Pfeifen durch den Schläger fährt, wenn ich ihn durch die Luft reiße. Und daß aus Stecknadelköpfen Menschen werden können, Kinder wie Uhren?« Ich wußte, sie schwieg noch von Ärgerem, das sie nicht wegkehren konnte wie das abgehobelte Gras neben ihr.

Ich hatte ihr sagen wollen, daß ich bereits einiges unbemerkt beobachtet hatte, das sich leichter erzählen ließ als das Innere meiner Schwester: Nachmittags am Fenster in der stillen Wohnung war ich als Gast eine Zeitlang gar nicht dagewesen und hatte doch gesehen, wie der Sohn aus dem von mir neu geschenkten Bogen den Pfeil weit herausgeschossen hatte, zu weit, nämlich so weit, daß er über den alten Maschendrahtzaun geflogen und dort zwischen den Rohren einer überirdischen Gasleitung hängengeblieben war. Sein erster Blick war zurückgegangen, zurück zum Haus, zum Adlerauge meiner Schwester, das darüber entschieden hätte, ob der Vorgang heiter sein sollte oder nicht. Und mein Blick hatte seinen gesehen, wie er schuldvoll-erschrocken und gleich darauf, als er das Auge nicht sah, planvoll war. Selber war er dann zum Zaun gelaufen, der das Haus meiner Schwester vom alten LPG-Gelände trennte, und hatte versucht, den Pfeil zu greifen, durch die groben rostigen Maschen war seine Hand aber nur kinderweit gekommen. Noch konnte die Geschichte unbemerkt vorübergehen, ein Zwischenfall, der selbständig zu lösen war, noch mußte der teure Pfeil – das hatte ich ihm erzählt – nicht als verloren betrachtet werden. So stieg er eine Weile durch das hohe Gras am Zaun, versuchte auch, ihn hinunterzubiegen, womöglich darüberzusteigen, und gab schließlich auf, als dürfte er plötzlich keine Zeit verlieren, als müßte er nun endlich jemanden ins Vertrauen ziehen, der mehr als er davon verstand, und die Sache schnellstens beenden. Er lief zurück zu meiner Schwester, die ich die ganze Zeit nicht gesehen hatte von meinem Logenplatz aus, die mit dem Rücken zum Geschehen gestanden haben mußte und jetzt noch stand. Sekunden später stieg auch sie durchs hohe Gras am Zaun entlang, griff nicht durch die Maschen, weil ihr fachmännisches Auge die Zwecklosigkeit sofort erkannt hatte. Sie schickte den Jungen zurück zum Haus, den ich dann auf einem Kinderrad aus dem Bild fahren und erst wieder in es hineinfahren sah, als er über einen weiten Halbkreis schon vor dem Eingang der alten Genossenschaft hielt, um von der anderen Seite an das Rohrgeflecht zu gelangen. Doch mein Blick wartete umsonst auf diesen Wiederfund. Statt dessen sah ich ihn wenig später auf demselben Weg zurückkommen, hörte auch seine Stimme, die für sein Schulalter unerwartet ratlos klang. Dann wurde der Ständer eines Fahrrads angeklappt, und wieder sah ich den Jungen aus dem Bild fahren, diesmal gefolgt von meiner Schwester, auch auf dem Rad, an dem ein Korb mit einem noch winzigeren Kind darin hing, das nicht allein am Haus hatte bleiben wollen. Ich konnte mich nicht rühren, wollte nur erkennen, was keiner sah, sonst nie, als träte man aus einem dichten Gestrüpp auf einen hellen Sandweg. Zu dritt eroberten sie dann mühelos den Pfeil, meine Schwester die Eskorte. Jubelnd und siegreich kehrte man heim, allein war es dem Sohn unmöglich gewesen, das fremde Terrain zu betreten, sicherungslos in unbekanntes Gebiet einzudringen, und ich kam mir vor als Spion, an meinem Fenster hatte ich zuviel gesehen.

Noch am gleichen Abend allerdings mußte ich das Vorhaben, ihr davon zu berichten, ändern und verstummte, denn die Schwester erzählte in langen Sätzen, daß sie vor einigen Wochen einen Dampfer bestiegen hatte, um über das Oderhaff gefahren zu werden. Es war der Vormittagsdampfer gewesen, der bereits um eins wieder anlegte (die Kinder kamen zum Mittag). Und sie erzählte, daß sie auf See, als sie ihren Paß schon vorgezeigt hatte und beide Ufer nicht mehr zu sehen gewesen waren, nicht mehr sagen konnte, in welche Richtung der Dampfer lief. Auch die Wellen hätten keine Richtung mehr gehabt, wären vielmehr nur in die Höhe gewachsen und hatten so eine Orientierung unmöglich gemacht. Meine Schwester hatte allein im Rumpf des Dampfers gesessen, wo kein Licht brannte, weil die übrigen Gäste gewöhnlich an Deck blieben, und wo es nach Kantine roch. Von dort aus hatte sie den Hergang beobachten können, der ihr wie eine unbekannte Freude erschienen war. Vielleicht hatte die ihr einen Schrecken ins Gesicht gelegt, denn ein vorbeikommender Angestellter hatte ihr unaufgefordert erklärt, daß die Mitte des Haffs für gewöhnlich stürmisch wäre, und dann scherzend angefügt: »Als wäre die Grenze, die doch nur über die Karte läuft, ins Wasser gebracht und auch dort fixiert worden.« Meine Schwester hatte genickt, später eine Boulette mit Brot von einem Papptellerchen gegessen, um die Mitte des Haffs wieder zu vergessen, und war sich für Sekunden wie ein Mensch vorgekommen, der in sich saß wie in einer Regentonne: die Hände über den Rand gelegt und nur mit den Augenbrauen herausschauend. »Man hätte mich umstoßen können, und ich wäre gerollt«, sagte meine Schwester. Als der Dampfer in Szczecin anlegte, blieb meine Schwester sitzen, stieg nicht über den ausgeklappten Steg auf die Märkte, von denen dem Schiff schon die Arme entgegengestreckt wurden, behängt mit Decken, Körben, glänzenden Pullovern. Froh war sie nur, daß da ein Name stand, der die Richtung jetzt eindeutig machte. Sie hatte im Rumpf aber nicht auf der landzugekehrten Seite, am Kai, gesessen, sondern weiter aufs Wasser geschaut, auf dem mehrere Schwäne an ihrem Fenster in gleicher Höhe vorbeigepaddelt waren. Meine Schwester war starr sitzen geblieben, aus Angst, die Aufmerksamkeit der Vögel auf sich zu lenken. Bis zur Ablegezeit mußte sie warten, wollte jedoch nicht auf die Uhr schauen, die sie in die Jackentasche gesteckt hatte, und hörte so nur das unregelmäßige Klatschen der Hafenwellen, vermengt mit den fremdländischen Tönen auf der anderen Seite. Die Rückfahrt war dann nur stummes Sitzen und Schauen, noch nie war sie mit dem Dampfer in die Stadt zurückgekehrt: Zum ersten Mal sah sie die Weiden ungewohnt am Ufer, den Strand klein und verschmutzt, als wäre die Saison mit dieser Dampferfahrt beschlossen. Nach der Einfahrt in das Gemünde fror sie sogar, wartete ab, bis alle anderen ausgestiegen waren, lief schnell aus dem Hafenbereich, schnell aus Unbehagen, gesehen worden zu sein, zog noch im Auto den Kopf ein, als säße neben ihr ein fremder Mann mit provozierender Frisur.

Nach dem Mittag, das die Kinder verschlungen

hatten, um gleich darauf wieder an dem Hochsitz-projekt zu bauen, war meine Schwester – ungewöhnlich genug – auf der Couch eingeschlafen vor Erschöpfung und erst am Abend wieder aufgewacht, als die Kinder Sturm klingelten, weil sie hineingelassen werden woll-ten.

Geträumt hätte sie nicht an diesem Nachmittag, aber gelegen hätte sie wie unter See in der Mitte des Haffs, sagte sie. Wenn die Haare algengleich nach oben schweben, das Gesicht ganz verschoben und jeder Augenaufschlag nur in Zeitlupe möglich ist. Blasen wären aus ihrem Mund gestiegen in dieser geräusch-losen Unterwasserwelt, und sie hätte das unberührte Muster des Sandes unter ihren Händen tasten können.

Diese Hände legte meine Schwester jetzt auf die heißen Platten vor ihrem Haus, wozu sie sich von der Bank erhob. Dann ging sie ins Haus hinein und kehrte wieder zurück, ein Ei aufzuschlagen auf dem heißen Stein.

Cinema Aurora

Kaatsch war also zum zweiten Mal von der Treppe gefallen.

Am 25. Juni stieß ich, nachdem ich das Kreuzworträtsel gelöst und die Anzeigen für den Kleintierverkauf durchgesehen hatte, in der Beilage des »Märkischen Havelboten« auf einen kurzen Artikel mit der Überschrift *Ein Abgang ohne Aura*. Darin hieß es:

Nach Monaten der Diskussionen und Verhandlungen verschwindet endlich der letzte Schandfleck aus unserem so schön gewordenen Stadtkern, das schon seit Monaten geschlossene Aurora-Lichtspieltheater (Photo mit Innenhofansicht). Dazu der Vorsitzende des Interessenverbandes Zentrumsgestaltung e. V., H. Müller: »Es wurde auch höchste Zeit.«

Ich schob mein Martini-Glas zur Seite und nahm die Zeitung näher heran, um das Photo neben dem Artikel besser betrachten zu können. Als ich glättend darüberstrich, erkannte ich, daß es sich bei dem Gebilde tatsächlich um die steile Eisentreppe handelte, über die man früher zum Vorführraum gelangt war. Bei Kaatsch war jeder Zweifel ausgeschlossen. Seine zerwirbelten Haare, die zusammengekniffenen Augen und der offene Mund in seinem südländischen Gesicht hatte ich während der letzten Jahre in vielerlei Variationen erlebt. Neu war allerdings, daß er in einem Arbeitsanzug auf einer Trage lag und die Hände auf den Oberschenkel preßte.

Während der nun begonnenen Abrißarbeiten an dem Objekt war der Hilfsarbeiter S. Kabus am vergangenen Sonntag bei der Manövrierung mit den ausrangierten Vorführgeräten über das Geländer der Stahlkonstruktion und auf die darunter befindlichen Kohleverschläge gestürzt. Als möglichen Grund für den Unfall gab der Bauleiter mangelnde Wartung während der letzten dreißig Jahre an. Kabus wurde nach erster ärztlicher Hilfeleistung vor Ort ins nächstgelegene Krankenhaus gebracht.

*I*ch wußte, daß hinter den Wellblechverschlägen, die wir am Ende als Vorratskammern für die Getränkekisten verwendet hatten, noch etwas lag, das Kaatsch vor einiger Zeit dort verloren hatte und das niemand von uns imstande gewesen war wieder hervorzuholen. Mit Besenstielen und Holzlatten hatten wir danach geangelt und schließlich aufgegeben, denn es war uns nicht möglich gewesen, in den engen Zwischenraum voller Ruß überhaupt hineinzublicken. Schon gar nicht konnte man eine braune Damensonnenbrille mit eingesetzten Glitzersteinen erkennen, die Kaatsch von seiner verschwitzten Nase gerutscht war, während er selbst in einem gelben Kleid vor lauter Aufregung die Treppe hinunterrollte.

Wie soll man einen Menschen erzählen? Und wie die Wut über ihn?

*I*ch fragte mich, was Kaatsch bei einer Abrißfirma machte, noch dazu im Aurora.

Beim letzten Mal, als ich ihn traf, hatte ich, wie meistens, versucht, es nicht zu einer Begegnung kommen zu lassen. Trotzdem erfuhr ich alles. Kaatsch hielt einen bedruckten Stoffbeutel in der Hand, den er über seinem Kopf schwenkte, als er mich an einer Halte- stelle auf der anderen Straßenseite sah. Ich gebe zu, daß ich mich duckte und hinter einem Busfahrplan, der in Kopfhöhe hing, versteckte. Es war immer eine peinliche Angelegenheit für mich, von diesem kleinen Mann in den viel zu großen Sachen mitten auf der Straße umarmt und gedrückt zu werden, doch er hatte mich schon gesehen und rief mir zwischen einem Kleintransporter und einem Oberleitungsbus zu, daß er nicht mehr beim Grünanlagenbau arbeiten würde. Eine Bierbüchse in der Hand, kam er aufgeregt über die Straße gehastet, so daß der Beutel, in dem noch andere Büchsen zu liegen schienen, geräuschvoll gegen seine Knie schlug. Nachdem er bei mir ange- langt war und ich bereits wußte, daß die Arbeit an der frischen Luft und das Geld dafür sowieso nicht nach seinem Geschmack gewesen waren, zog er sich die geräumige Jeanshose hoch und nahm einen Schluck. Seine Begrüßungsformel: »Na, meine Kleene« kam zeitgleich mit seiner Hand, die mir freundschaftlich durchs Haar strubbelte. Nervös zwinkernd schaute er sich um, als würde er verfolgt, beantwortete sich Fragen an mich selbst und verschwand nach ungefähr zehn Sekunden wieder über die Straße, um den Fahr- plan seiner Buslinie zu konsultieren. Als er zurückkam, begrüßte er mich noch einmal und fügte schnell hinzu:

»Is nich so schlimm, Kleene, is nich so schlimm.« Es dauerte eine Weile, bis ich begriff, daß inzwischen wieder von seiner Kündigung als Hilfsgärtner die Rede war. Plötzlich kam er mir sehr nah und boxte mich mit dem Ellbogen in die Seite. »Aber soll ick dir was sagen?« flüsterte er mir zu und legte ein schelmisches Gesicht auf. »Ick hab' schon wieder was Neues!« Als hätte er einen Streich geplant, drückte er mir das Bier in die Hand und begann in seinem Beutel herumzukramen. Während ich möglichst unauffällig die Passanten an uns vorbeiziehen ließ, sah ich seinen hektischen Bewegungen zu, die schließlich einen Stapel Blätter zum Vorschein brachten. Es handelte sich um eine Bewerbung als Vorführer in einem der neueröffneten Kinopaläste, zu der er sofort meine Meinung hören wollte. Ich las mir die in Sonntagsschrift verfaßten Seiten durch und nickte. »Das is zwar kein richtiges Kintopp«, sagte Kaatsch, als müßte er sich vor mir entschuldigen, »aber irgendwas muß ick ja machen. Und die haben wenigstens richtige Tellermaschinen.«

Im selben Augenblick riß er mir Blätter und Bier aus der Hand und stürmte über die Straße, denn eben kroch sein Bus in die Haltestelle ein. Kaatsch drehte sich noch einmal um und winkte mir. Als er gleichzeitig versuchte, das Papier wieder in den Beutel zurückzustopfen, wurden ihm die Seiten von den vorbeifahrenden Autos aus der Hand geweht und über den Asphalt verteilt. Kaatsch blieb mitten auf der Fahrbahn stehen, bückte sich und machte sich daran, sie einzusammeln. Doch wie in einem Stummfilm flogen sie immer wieder auf, wenn er danach greifen wollte, so daß er ihnen umständlich ein ganzes Stück über die Straße hinterherhüpfte. Erst als sie so feucht und schmutzig waren, daß sie nicht mehr von der Erde abheben konnten, erwischte er sie endlich und steckte sie ein.

*A*uch dies waren Bilder, in denen Kaatsch Platz fand: Kaatsch auf einem Zebrastreifen an einer großen Kreuzung mit einem Fünf-Liter-Farbeimer, der vom Gepäckträger seines Fahrrades fällt und auf der Straße zerplatzt. Kaatsch, der seinen Kopf ganz herumdreht, um einer auffällig gekleideten Frau hinterherzuschauen, und dabei mit dem Rad in einen Papierkorb fährt. Oder Kaatsch, dem die ersten drei Akte von »Pinocchio« mit lautem Poltern über die Eisentreppe davonrollen und hinter der vertrockneten Konifere im Hof steckenbleiben.

*D*ie Arbeit im Aurora hatte ich im Grunde nur angenommen, weil man als Kassiererin in einem kleinen Verschlag hinter einem winzigen Fensterchen sitzen durfte, durch das man mit den Kinobesuchern sprach. Die Karten wurden durch einen Schlitz an der Unterseite des Fensters auf einen Teller geschoben, während man zum Sprechen einen runden Metallfilter öffnete. In einem französischen Film hatte ich gesehen, wie jemand auf den Teller statt Geld eine Rose gelegt hatte, um seiner tiefen Zuneigung zur Kassiererin Ausdruck zu verleihen. Ich versprach mir Romantik von diesem Arbeitsplatz, denn Frauen hinter Glas sind begehrlich, da unerreichbar. Doch im Gang vor dem Fenster zog es, und da noch Winter war und es in dem Kabuff nur eine Heizröhre gab, die man sich zwischen die Beine klemmen mußte, holte ich mir schon nach einer Woche eine schwere Erkältung.

Als ich an meinem ersten Nachmittag den ausgewaschenen blauen Vorhang vor dem Fenster zurückschob und die Metallkasse öffnete, hörte ich ein lautes Fluchen im Hof, das hin und wieder von einem platschenden Geräusch abgelöst wurde. Ich verließ den winzigen Raum, schloß die Papptür ab und ging in den Innenhof, um nachzusehen. Ein kleines Männchen mit einer geblümten Schürze über den dunklen Arbeitssachen schleppt einen roten Eimer mit Wasser aus der Damentoilette über den Hof in Richtung Herrentoilette, deren Tür weit offen steht. In einiger Entfernung davor bleibt es stehen, schwingt den Eimer mehrere Male hin und her und läßt das Wasser schließlich in hohem Bogen in den stinkenden Verschlag klatschen. Während es zurückläuft, um einen nächsten Guß zu holen, und der leere Eimer an seiner Hand zappelt, ruft es den unsichtbaren Zeugen zu: »Sind das Schweine, nee, sind das Schweine! Ein Benehmen wie die Schweine!« Auch zwischen den sprudelnden Geräuschen des Wassers aus dem aufgedrehten Hahn dringt die kräftige Stimme des kleinen Mannes in den Hof: »Und das in 'nem Kino!« Er hievt den Eimer über den Waschbeckenrand, läuft über den Hof und setzt zu einem neuen Schwung an, als er mich sieht. Durch das kurze Zögern landet die Hälfte des Wassers auf seinen Schuhen, was ihn noch mehr fluchen läßt. Er stellt den Eimer ab und kommt zu mir herüber. »Tach, meine Kleene. Nu stell dir mal vor, oben würde ›Liebe,

Brot und tausend Küsse‹ laufen mit der Loren, und hier
unten benehmen se sich wie die Ferkel im Klo. Haben
die denn keine Ehrfurcht mehr vor 'nem Ort der Kultur? Aber is ja auch kein Wunder, das Objekt is eben
nich mehr wie früher. Mensch, das war mal 'n richtiges Kunstkino! Hier lief ›Thomas Müntzer‹ und ›Der
stille Don‹ und so was. Siehst ja, wie das zum Gebäude
paßt!« Er greift wieder nach dem Eimer und kippt
den Rest Wasser an die Herrentoilettentür. »Aber rein-
gehen tu ick da nich, ick bin Vorführer, nich Putzfrau«,
ruft er wie jemand, der für eine Protestrede beim Chef
übt. Nach zwei weiteren Ladungen hat er genug. Er
wischt sich die Hände ab und stellt sich vor: »Sieke
Kabus, oder einfach nur Kaatsch. Denk bloß nich, ick
lauf immer so rum, die Schürze hab ick mir von olle
Rosi aus'm Café geborgt.«

Frau Rosi selbst trug keine Schürzen, sondern eng-
anliegende Oberteile mit Leopardenmuster. Die hatte
ich an ihr schon zu Zeiten gesehen, als für Filme
wie »Cotton Club« noch strenge Altersbegrenzungen
herrschten und ich von der Kinokasse wieder zurück
ins Café geschickt worden war. Das Aurora besaß den
Luxus eines eigenen Filmcafés, das man von der Straße
und vom Hof aus betreten konnte. Letzteres hatte
ich getan, um bei einer Cola auf die anderen zu warten. Drei Stunden hatte ich versucht, durch die grauen
Mitropa-Gardinen nach draußen zu blicken, während
Frau Rosi die Aschenbecher geleert und von Zeit zu
Zeit über die Sprelacarttische gewischt hatte. Deren
Oberfläche war so stumpf und bleich gewesen wie ihr
Gesicht unter dem Berg rotgefärbter Haare. Mittler-
weile waren die Tische ausgetauscht worden, Frau Rosi

aber war geblieben. Wenig später war ich nicht mehr ins Café gegangen, weil man mich in alle Filme ließ. Nicht nur, daß sich keiner mehr für mein Alter interessierte, es gab auch plötzlich niemanden, der die neuen Geldscheine für die so lang ersehnten Filme ausgeben wollte. So saß ich an vielen Freitagnachmittagen allein auf dem alten Rang mit der geschwungenen Brüstung und zog die Knie an, wenn Marcello Mastroianni für mich zum ersten Mal in die Fontana di Trevi stieg. Jedesmal war es ein Ritual, wenn ich zunächst auf der gegenüberliegenden Straßenseite die Fassade mit dem ramponierten Schriftzug betrachtete, schließlich hinüberging und in dem Strom der nach Hause Eilenden einen Schritt zur Seite in den dunklen Gang hinein tat. Sofort wurden die Geräusche gedämpft und verschwanden im Hof dann ganz. Und da ich meistens allein blieb, war ich auch die einzige, die den Zettel am Kassenhäuschen las, der mir schließlich Kaatschs Bekanntschaft einbrachte.

Wenn Frau Rosi aus dem leeren Café in den Hof geschlendert kam, sagte Kaatsch: »Na, Rosi-Kleene« und bot ihr einen Platz auf der Holzbank über den schiefen Betonplatten an. Er selbst setzte sich in einen ockerfarbenen Drehsessel, den er in dem Durchgang gefunden hatte, in den die Kohle gekippt wurde. Kam Frau Rosi nicht aus dem Café, wußte Kaatsch, daß ein ganz bestimmter Gast bei ihr war, den sie nicht aus den Augen ließ. »Der Olle von nebenan«, sagte er und deutete auf das Nachbarhaus. »Dabei sieht sie ja nich gerade aus wie Gina Lollobrigida, was? Aber altes Brot wird eben auch gegessen«, flüsterte er mir wie einen obszönen Witz zu und lachte hinter vorgehaltener Hand. Frau Rosi hielt sich mit Geschichten aus ihrem Privatleben bedeckt. Ihre Person und vor allem die Arbeit im Café waren in ihren Augen eine feinere Angelegenheit als das Herumfingern an schmutzigen Filmmaschinen. Dies demonstrierte sie zum Beispiel mit einer Handvoll Kunstrosen, deren Blüten aus kleinen Baumwolltaschentüchern bestanden und die sie auf den Tischen im Café verteilte. Manchmal stellte sie auch zierliche Hasen oder Weihnachtsmänner ins Fenster, um Kaatsch und mich von ihrem Sinn für Schönes zu überzeugen. Allerdings durfte sie es sich nicht verscherzen mit Kaatsch, denn er holte ihr die Briketts für den großen Kachelofen im Café aus dem Durchgang. Das Kino beheizten wir gemeinsam von einem zentralen Ofen aus, in den wir die Kohle mit großen Schaufeln wie in einen Schiffsbauch kippten. Zur Abendvorstellung hatte sich der Saal dann so weit erwärmt, daß die wenigen Zuschauer ihre Jacken ausziehen konnten.

*E*in paar Wochen nachdem ich im Aurora angefangen hatte – ich war gerade dabei, einen der üblichen Aschebrände zu löschen, die nach und nach sämtliche Böden unserer Mülltonnen im Hof wegfraßen – sah ich einen riesigen Pappwal auf mich zukommen. Er tänzelte einige Sekunden unentschlossen auf seiner Schwanzflosse herum und lehnte sich schließlich gegen eine der Mauern. Ich wartete, bis hinter dem Meeressäuger ein Mann hervorgekrochen kam, der mir die Hand reichte. »Jetzt wird alles anders«, stellte er sich vor und ließ die Arme ein paarmal kreisen.

In den folgenden Tagen trug der neue Pächter eine Plastiksitzgarnitur, Toilettenringe, eine Popcornmaschine, große Mengen bunter Plakate und mehrere Eimer Farbe in den Hof. Ich bekam eine elektrische Kasse im ehemaligen Foyer, das Kaatsch nach Feierabend entrümpelte, eine Eistruhe und einen gewaltigen Tresen mit süßen Nahrungsmitteln. Kaatsch bekam neue Filme. Filme, in denen Wale über Deiche sprangen, Wirbelstürme tobten, U-Boote an Riffs zerschellten, Züge in Tunneln explodierten, Frauen nicht mehr weinten, wenn sie geschlagen wurden, gefleckten Hunden das Fell über die Ohren gezogen wurde. Wir hängten die jeweils aktuellen Tiere und Gesichter über die Wasserflecken an den Wänden und stellten dauerhaft einen Dinosaurier vor die Aschtonnen im Hof.

Kaatsch sagte dem neuen Pächter, daß er die bisherigen Filme für alte Schinken hielt und die neuen Filme gut für ein neues Publikum wären. »Damit endlich mal wieder Leben in unser Kintopp kommt!« bestätigte er den Chef und begleitete ihn bis vor zur Straße, wo sein Ford Granada stand. Als der Chef nach seiner Ablieferung bald verschwunden war und sich nur noch selten blicken ließ, meinte Kaatsch, dieses ganze neue Zeug habe weder Charakter noch Stil, noch tieferen Sinn. Er kam oft zu mir herunter ins Foyer, um mich von seiner Gewißheit zu überzeugen. Dabei trödelte er scheinbar absichtslos an den Tresen heran und schaute über die bunten Tütenstapel. Dann griff er sich blitzschnell eine der Gummifiguren und stellte sich vor die große Spiegelwand, hinter die wir die Elektrik gestopft hatten. »Weißt du, wie ich in Wirklichkeit heiße?« fragte mich Kaatsch und hielt sich eine

Schaummaus als Anhänger an das Ohr. »Marika Rökk«, trillerte er, und aus dem Spiegel sah mir ein wimpernschlagendes Persönchen entgegen. Nachdem er sich einige Male gedreht und in Divamanier den Handrücken an die Stirn gelegt hatte, schmiß er die Maus wieder zurück in den runden Behälter neben mir. »Ach Kleene, das waren noch Stars, was?« sagte er müde und winkte einverständlich ab, als wären wir zwei Veteranen aus der Ufa-Kantine. Er trat einen Schritt zurück und zeigte auf die Plakate seiner Idole, die er persönlich zur Verschönerung des Aurora beigesteuert hatte. Sie hingen in meinem Rücken über der schnellklebenden Glitzertapete.

»Die Dietrich«, begann Kaatsch plötzlich zu deklamieren, »die konnte noch 'n richtigen Augenaufschlag! Und Asta Nielsen war noch 'n echtes Gesicht. So schön wie die Garbo«, jetzt brüllte er fast, »war keine mehr, und Camilla Horn, die hat noch richtigen Ausdruck gelernt!« Wir gingen auch das Abendmahlplakat durch, bei dem die Apostel durch Leinwandgrößen ersetzt worden waren. »Und heutzutage?« fragte Kaatsch. »Alles Schund. Gegen die da drinnen« – es lief gerade ein Film, in dem vier bewaffnete schwarze Frauen ihre Selbstverwirklichung in einer Reihe von Banküberfällen suchten – »sind das wahre Göttinnen!«

Traten während einer dieser Reden Kunden ins Foyer, drehte Kaatsch erst richtig auf. Er fragte sie, ob sie auch wüßten, worauf sie sich einließen, was sie zu diesem Film meinten und ob sie wirklich ihr Geld dafür ausgeben wollten. »Sie wissen«, sagte er und stand wie ein eifriges Erdhörnchen vor der irritierten Kundschaft, »daß hier früher gutes Kino lief? Wir hatten ›Der Belorussische Bahnhof‹ im Programm, ›Roter Oktober‹ und ›Ben Hur‹. Filme also, die Geschichte gemacht haben.« Die Besucher nickten stumm. Verunsichert zwar, verlangten die meisten trotzdem mit leiser Stimme eine Karte und drehten sich immer wieder zu dem kleinen Mann um. Ich ermahnte Kaatsch nach diesen Auftritten, sobald wir beide wieder allein waren. Er entschuldigte sich, beharrte aber auf der Tatsache, daß es mit der Kunst bergab ginge, und nahm sich ein Bier aus der Getränkekiste. »Früher sind die Leute noch ins Kino gegangen aus Interesse für'n Film«, sagte er.

*A*uch wenn Kaatsch so tat, als hätte er selbst vor achtzig Jahren die rote Wandbespannung im Aurora-Lichtspieltheater angebracht, war er doch nicht immer Vorführer gewesen. Soviel ich aus seinen eigenen Schilderungen wußte, hatte er jahrelang als Schlosser im zentralen Lastkraftwagenkombinat in der Abteilung Fertigstellung gearbeitet. Als die meisten seiner Kollegen mit Ruck- und Schlafsäcken in verschiedenen Botschaften südlich des Landes gesessen hatten, war auch er schließlich aufgebrochen. Da aber war die Situation schon so günstig geworden, daß er ohne großen Aufwand zu seinem Cousin Erwin in den westlichen Teil der Hauptstadt wechseln konnte. Kurz vor dem November war er dann rechtzeitig wieder hier gewesen, um endlich eine Wohnung einfordern zu können, die ihm die Behörden – froh über jeden Zurückkehrenden – auch sofort zubilligten und in der er jetzt noch wohnte. Kaatsch betonte gern die zwei Besonderheiten dieser Unterkunft: eine ausziehbare Badewanne in der Küche und gemeinsame Flurbenutzung mit einer jungen Lehrerin, deren Ehre er verteidigte, indem er über sie schwieg. Kam die Sprache doch einmal auf seine Wohngenossin, floh er aus dem Thema wie vor seinen eigenen Gedanken. Er verbat sich Vermutungen oder Scherze und schloß stets mit der kurzen Bemerkung, sie wäre eine feine, saubere Frau. Es verstand sich von selbst, daß er nie das Risiko einging, ihr unverhofft zu begegnen, wenn er im Schlafanzug oder gar in seiner Unterhose war. Ein paar Monate nach dem Einzug in die Wohnung wurde das Kombinat geschlossen, und Kaatsch wechselte zur Kultur. »Das Fummeln an den Maschinen is doch das gleiche geblieben«, lachte er verlegen, als könne er sich einen solchen Witz vor mir nicht leisten.

Daß jetzt mehr Zuschauer kamen als früher, war erfreulich, aber auch heikel, besonders für Kaatsch, denn so waren auch mehr Besucher von seinem allabendlichen Desaster betroffen: Während ich Studentenfutter und saure Ringe nachlege, sitzt Kaatsch mit einem Bier auf der Stehleiter im Hof und versucht mit einer Schnur den frisch gepflanzten Knöterich ans Vordach zu binden, damit er die Roststellen am Abflußrohr verdeckt. Wenn Kaatsch nicht bindet, trinkt oder flucht er. Aber nach einer Weile, und nach jedem Knoten, mit dem er das Pflänzchen weiter nach oben zieht, hallt sein Reich-mir-die-Hand-mein-Leben über den Hof zu mir ins Foyer. Ich stecke kurz meinen Kopf aus der Tür und verziehe das Gesicht, schuldbewußt bricht Kaatsch in seinem Liedchen ab. Als Trost stelle ich mich unter die Leiter und begutachte wortlos die langgestreckte Pflanze, Kaatschs Meisterleistung, vor dem Rohr. Doch plötzlich dringt uns die Stille im Hof in die Ohren, und wir reißen die Augen auf. Ich laufe zum Saal und drücke die Tür auf. Die Zuschauer sitzen im Dunkeln, vor sich die schwarze Leinwand, Kaatsch dagegen immer noch auf der Leiter, aber schon sprungbereit in seiner Ahnung. Und während er wie ein Zirkusclown mit zu großen Schuhen umständlich die Leiter hinab- und die Eisentreppe gegenüber hinaufhetzt, ruft er mir immer den gleichen Satz zu: »Is nich so schlimm, Kleene, is nich so schlimm«, als könnte diese Sentenz die erwartete Rüge mildern.

Ich höre auf die Zündung der Maschinen und schiebe die erregten Zuschauer zurück in den Saal. Kaatsch kommt nach diesem Zwischenfall, wie nach allen anderen auch, gelassen ins Foyer zurückgewandert, um mir die Ursachen der Panne zu schildern. Vor allem aber erklärt er mir, daß in einem Film wie diesem – es geht um einen sprechenden Säugling auf der Flucht – ein Filmriß kaum von Bedeutung sei. »War sowieso gerad 'ne langweilige Szene«, versucht er mich zu überzeugen. Zur Bestätigung zerrt er noch einmal die Saaltür auf und steckt seinen Kopf in das Dunkel. »'n Kleinkind mit 'ner Waffe!« empört er sich halb über die Schulter, halb in den Saal hinein, bis jemand eine Büchse wirft. Kaatsch schließt die Tür und schimpft, steht unentschlossen im Raum herum. Schließlich wikkelt er sich die Eiskarte um den Kopf und entdeckt eine leichte Ähnlichkeit mit Mata Hari in der Spiegelwand, die er mehrere Minuten auskostet. Ich jage ihn davon.

*S*chlimmer war es, wenn Kaatsch die Akte vertauschte oder gar nicht erst zusammenklebte. Er griff eine der silbernen Dosen und hielt die Filmstreifen gegen das Licht. »Könnte hinhauen«, meinte er, während er die perforierten Schlangen schon in die Maschine fädelte. Eher noch als Kaatsch selbst merkte ich, daß etwas nicht stimmte, denn bereits nach einer halben Stunde kamen die Eltern aus dem Saal in den Hof und zogen den Kindern die Jacken an. Die Kinder heulten, weil ihr Lieblingslöwe schon im ersten Akt durch die Flinte eines hinterhältigen Menschen verendet war, die Eltern verlangten das Geld zurück. Ich versuchte sie zum Bleiben zu überreden, doch an die Illusion einer Wiederauferstehung der Raubkatze konnte niemand mehr glauben. Kaatsch stieg mit den Worten »Hin und wieder gibt's auch menschliches Versagen« die Treppe bis zur Hälfte herunter und reichte als Entschädigung einen Stapel alter Prospekte über das Geländer. Als die Kinder sahen, daß sich der Löwe nicht darin fand, schrien sie noch mehr, so daß Kaatsch ratlos zurückwich. Frau Rosi stand im Gang und beobachtete mit Interesse das vorzeitige Verlassen der Besucher. Gingen sie an ihr vorüber, mischte sie sich in die Gespräche und bestätigte, was über das Aurora im allgemeinen und den Vorführer im besonderen gesagt wurde. »Das Café«, sagte sie zu den Leuten hinter demonstrativ vorgehaltener Hand, »gehört zum Glück nicht dazu«, hakte sich unter und leitete die Beschwerden erfolgreich in ihr Kunstparadies.

Nur die Sonntagsväter blieben. Sie warteten in einigem Abstand neben den schweigenden Kindern vor dem Tresen, bis Kaatsch die Filmrollen richtig sortiert hatte. Unschlüssig versuchten sie ihnen verschiedene Angebote zu machen. Sie nannten den Namen jeder Tüte und blickten ihre Kinder fragend an. Die Kinder schüttelten den Kopf. Nachdem die Väter das Sortiment aufgezählt hatten, bestimmten sie selbst, was dem Kind gefallen könnte, und luden alles in ihre Lederjacken. Fing der Film dann noch einmal an – jetzt lag der Löwe friedlich schlafend mit einem Insekt auf der Nase unter einem Exotenbaum –, kamen sie schon kurz darauf aus dem Saal und verlangten ein weiteres Mixgetränk. Mit weit zurückgebogenem Kopf setzten sie die Dose an den Mund und blickten nach jedem Schluck durch die Tür in den Hof. »Das ging ja schnell«, sagten sie erstaunt, wenn die Kinder später mit geweiteten Pupillen ins Foyer zurücktaumelten, wo die Männer immer noch standen. Sie hätten gar nicht gemerkt, wie schnell die Zeit verging, sagten sie und forderten die Kinder auf, sich höflich bei mir zu verabschieden.

*I*n dem Sommer, als Kaatsch die Treppe hinunterrollte und wir noch nicht ahnten, daß es der letzte war, saßen wir an keinem der Abende allein im Hof. Neben seinem Cousin Erwin, der regelmäßig im Aurora erschien, hatte Kaatsch mit seinem dunklen Teint inzwischen viele noch dunkelhäutigere Männer angelockt, die den Hof belagerten und ganze Tage hier verbrachten. Es gab dreimal Mohammed, zweimal Hassan und Mustafa sowie einen ungewöhnlich großgewachsenen Menschen namens Hagu aus der Sahelzone. Sie arbeiteten sporadisch in italienischen Restaurants oder als Hundeausführer und wohnten abwechselnd in Kaatschs Zweizimmerwohnung. Sobald ein neuer hinzukommt, geht Kaatsch mit ihm zur Volkshochschule gleich um die Ecke, um ihn für einen Deutschkurs anzumelden. »Wenn du in 'nem fremden Land bist, mußt du die Sprache beherrschen, da kenn ick nischt«, sagt er, als käme in dieser Beziehung keiner an Kaatsch vorbei. Obwohl er auch so auf sie einredet.

»Ihr kennt nich ›Der blaue Engel‹?« schreit Kaatsch über den Plastiktisch in die ausländischen Gesichter vor ihm. »Mensch, das is großer europäischer Film«, belehrt er sie und beschreibt mit den Armen die ungefähre Größe des Streifens. »Hier«, mit der flachen Hand klopft er auf die wacklige Tischplatte, »das is historisches Kino!« Dann springt er auf, legt beide Hände auf ein Knie und sieht seine Bekanntschaft von unten her mit unschuldig-lüsternem Blick an. Die Männer lachen. Als Kaatsch bemerkt, daß ich in der Tür stehe und ihn beobachte, setzt er sich schnell zurück in seinen Drehsessel und ruft mir zu: »Ick mach bloß Spaß, Kleene.«

Seine Freunde ermahnt er, die Zuschauerinnen in Ruhe zu lassen und vor allem mich. In Gegenwart von Studentinnen, sagt er, könne er zivilisiertes Verhalten verlangen. Die Männer zucken mit den Schultern und werfen Blicke in Richtung Foyer wie zu einer Festung, hinter der sie mich, den verbotenen Schatz, nur erahnen.

Die Zuschauerinnen lagen in diesem Sommer ohnehin am See, dafür kamen Touristen.

Sie kamen mit langsamen Schritten wie auf einer Entdeckungsreise durch den dunklen Gang bis in den

Hof, wo sie vor Staunen in die Hände klatschten. Mit herausgedrückten Waden und breiten Hintern unter farbigen Rucksäcken ruderten sie mit den Armen durch die Luft und zeigten sich gegenseitig die Überraschungen: schiefe Bodenplatten im Hof, von der Innenmauer gefallener Putz, eine abgebrochene Regenrinne. Manchmal zeigten sie auch auf Kaatschs altes Damenfahrrad, über dessen Speichen immer noch der Aufkleber »Oh, frische Bohnen« prangte. Doch die Freude über so viel Ursprünglichkeit wich schnell tollkühnen Veränderungsvorschlägen, die sie sich zuriefen. Ich verfolgte hinter der Scheibe in der Foyertür ihre Gesten, sah sie stumm sprechen: Brandmauer und Aufgang zum Rang verbinden, ja, überdachen (dafür schwenkten sie die Arme im großen Bogen von links nach rechts über ihre Köpfe), grundlegende Innenhofsanierung sowieso und vor allem (sie legten den Zeigefinger an die Schläfen): neue Toiletten. Oho!

Wie schlechte Pantomimenkünstler standen sie vor mir, nur durch das Glas von meinen wütenden Atemzügen getrennt, die sie nicht davon abhielten, auch hier einzutreten. Erkundigten sie sich nur nach den historischen Daten des Gebäudes, beließ ich es bei einer kurzen Auskunft, fragten sie aber, ob ich wüßte, daß draußen an der Fassade mehrere Buchstaben fehlten und folglich nur »ora-Lichtspater« zu lesen sei, sprang ich mit einem Satz vor die Tür und zwischen die Abfalltonnen. »Ratten«, sagte ich entschuldigend und richtete den ausgeblichenen Saurier wieder auf.

Kaatsch gab den Touristen recht. Er sagte, das Objekt wäre genauso verkommen wie die heutige Filmkultur. »Früher«, sagte Kaatsch, »hatte Kino noch einen Bezug zu unser aller Leben!« Aber was hätten heutzutage die Abenteuer eines gepunkteten Hundes mit seinem, Kaatschens, Leben zu tun? »Nehmen Sie zum Beispiel den historischen Film ›Die Fahne von Kriwoj Rog‹«, schlug er vor, »so was besaß noch geistige Tiefe!« Er benutzte die Wörter »zeitgenössisch«, »Konflikt« und »Entscheidungssituation« für seine Beweisführung, die aus Kaatschs Mund auch für mich neu waren. Die Zuhörer schüttelten bedauernd den Kopf, von einem solchen Titel hätten sie noch nichts gehört. Kaatsch sprach weiter, seine Hände gingen wie bei einer Gliederpuppe auf und nieder, obwohl er die Arme an den Oberkörper gepreßt hielt. Die Touristen schwankten zwischen Mitleid und Mißtrauen vor dem kleinen schnell sprechenden Mann und verabschiedeten sich schließlich. »Altes Arbeiterkino«, rief ihnen Kaatsch noch im Gehen hinterher. Als wir wieder allein im Hof waren, machte ich ihn darauf aufmerksam, daß die ganze Zeit über sein Hosenstall offengestanden hatte. Verlegen drehte er sich weg von mir.

Nicht, daß er ein Penner war. Wenn er am Arbeitsplatz auch einen etwas vernachlässigten Eindruck machte, legte er doch großen Wert auf Hygiene. Seine Kleidung wusch seine Mutter, eine rüstige, Zither spielende Frau, die in regelmäßigen Abständen mit einer Reisetasche, in der die frische Wäsche ihres Sohnes verstaut war, im Aurora erschien. Eher hatte seine Garderobe etwas Rührendes an sich. Sie besaß einen ältlichen Charakter wie Sonntagskleider, die man zwar nur einmal in der Woche, dafür aber über Jahrzehnte hinweg trägt, so daß sie nicht so sehr vom Tragen als vielmehr vom Waschen und Pflegen abgenutzt scheinen. Für Kaatsch hatte im übrigen der Sonntagsanzug noch nicht seine Bedeutung verloren, und es war ein komischer Anblick, wenn er an seinen freien Wochenenden im Aurora auftauchte, in gestreiftem Jackett, dessen Ärmel ihm bis über die Fingerspitzen reichten, und einem breiten lilafarbenen Schlips. Als wäre er ein Gast, setzte er sich mit steifen Gesten zusammen mit seinem Cousin Erwin an den Plastiktisch im staubigen Hof des Kinos. »Wir wollen nachher noch weiter, zu Fuß nach Petzow raus«, betonte er und legte Wert darauf, daß wir sein Erscheinen nur als kurzen Abstecher deuteten. »Du hast wohl Sehnsucht nach uns«, fragte Frau Rosi spöttisch. Daß Kaatsch auch an seinen freien Tagen ins Aurora kam, war für sie ein Zeichen dafür, daß er in der Woche nicht wirklich arbeitete. »Ich jedenfalls habe zu tun in meiner Kaffeebar«, sagte sie und verschwand. Kaatsch entschuldigte sich und lachte verlegen, wenn er sich das dritte Bier aus dem Kühlschrank nahm und blieb, weil inzwischen einer der Hassans und Hagu aufgetaucht waren, die vor dem sonntäglichen Beisammensein mit ihren Scheinehefrauen regelmäßig die Flucht ergriffen und bis zum Abend im Aurora herumlungerten.

Was Erwin betraf, hatte er mich ins Herz geschlossen, seitdem Kaatsch mich den Gedanken des großen Franzosen, wie er sagte, vor ihm hatte wiederholen lassen. Kaatsch führte mich gern wie eine kleine Attraktion vor. Ich mußte dann aus verschiedenen Bereichen Wissen präsentieren, das er mit bewunderndem Nikken kommentierte. Kaatsch war der Meinung, ich hätte in einem Kino nichts zu suchen, schon gar nicht in einem, in dem keine kulturellen Filme gezeigt wurden. »Los«, redete er auf mich ein, als Erwin wie jeden Freitag vorbeikam, »sag noch mal das, was du mir gestern erzählt hast!« Und um seinen Verwandten auf meine Worte vorzubereiten, schüttelte er den Zeigefinger über seinem Kopf und rief wie eine Warnung: »Jetzt kommt Philosophie!« Dann schauten mich beide erwartungsvoll an.

Ich wiederholte in kurzen Sätzen, was sich am Abend zuvor eher zufällig ergeben hatte. Kaatsch und ich hatten im dunklen Hof gesessen und auf die Geräusche der Spätvorstellung gelauscht, die aus dem geöffneten Fenster des Vorführraumes drangen. Man hörte die schrillen Stimmen von Frauen, die im Begriff waren, ein Männergefängnis nach Art des Trojanischen Pferdes zu stürmen. Es handelte sich um vollbusige Blondinen, von denen die kesseste eine Liebesbeziehung mit einem der Wärter begann. Er zähmte sie, so daß sie sich am Ende entschied, bei ihm im Hochsicherheitstrakt zu bleiben. Kaatsch fuhr sich mit beiden Händen durchs dichte Haar, während er mir seine Befürchtung mitteilte, das Aurora, ein Ort der Kunst, sei mit den Jahren zu einem Rotlichtkino mutiert. Dann lehnte er sich zurück. »Tja, Kleene«, sagte er wie zum Abschluß eines Gesprächs, das wir nicht geführt hatten, »die Wirklichkeit is eben nich wie'n Film.«

Die milde Abendluft und einige Büchsen, die wir geleert hatten, brachten mich gegen meine Gewohnheit zu einer Erwiderung. Normalerweise redete ich wie eine Kartenverkäuferin, doch an diesem Abend machten mich Kaatschs Worte nervös, so daß ich eine Replik nicht wie sonst vermied.

Ich sagte, daß dies aber nicht zwangsläufig so sein müsse, und holte das Buch eines französischen Philosophen aus dem Foyer, von dem ich diesen Gedanken hatte. Ich suchte nach den richtigen Passagen und referierte Kaatsch die Hauptidee. Dem Franzosen zufolge waren Menschen, die die von Kaatsch geäußerte Haltung vertraten, bemitleidenswerte Geschöpfe. Sie hatten nie das Wunder der Inszenierung gespürt und waren statt dessen immer nur sie selbst geblieben. Er bedauerte, daß diese Stümper nicht einmal die Nachahmung des perfekten Kinobildes anstrebten. Obwohl die meisten von ihnen den Traum hatten, in einem Film zu leben, täten sie doch nichts dafür, ihr Leben nach den Gesetzen des Films oder der Kunst im allgemeinen zu organisieren. Sie hofften, das Ästhetische würde sie von außen ohne ihr Zutun überfallen und sich ihrer bemächtigen. So müsse ihr Wunsch an der Unfähigkeit scheitern, die Maßstäbe der Kunst in das Leben hereinzuholen. Das Buch endete mit einem Aufruf zur Schauspielerei und Inszenierung. »Denn verhält man sich wie ein Schauspieler nach seinem eigenen Szenario«, las ich vor, »wird auch die Umwelt dazu gebracht, in diesem Spielmodell seine Rolle zu finden und danach zu agieren.« Ich übersetzte den letzten Abschnitt mit: Glück ist möglich, vorausgesetzt, man besitzt ein solches Szenario.

Kaatsch war beeindruckt gewesen, so beeindruckt, daß er auch am nächsten Tag noch vor Aufregung zappelte und mit ausgestrecktem Arm auf mich zeigte. »Da liegt Wahrheit drin«, erläuterte er das Gesagte seinem Cousin, »da liegt noch richtige Wahrheit drin!« Erwin nickte und knetete weiter seine Ledermütze zwischen den Händen. Gemeinsam blickten sie mich an. Nach einer kurzen Pause des andächtigen Schweigens meinte Kaatsch, mein Vortrag hätte ihm noch einmal vor Augen geführt, wie sehr ich mich von Ilona unterschied. Erwin gab ihm recht. Ilona hatte ebenfalls in der Fertigstellung gearbeitet und war nach Kaatschs Auffassung eine elegante Frau gewesen. Kaatsch hatte sie bei einer Betriebsfeier zum Tanzen aufgefordert, und sie war einige Jahre bei ihm geblieben. Seit dem Abriß des Betriebes sahen sie sich nur noch selten. Mit unsicheren Schritten kam sie bisweilen ins Aurora, um Kaatsch leise nach Geld zu fragen, was er ihr mit dem Hinweis, sich nicht allzulange im Hof aufzuhalten, auch gab. War sie dann wieder verschwunden, lief er hysterisch zwischen Foyer und Vorführraum umher und raufte sich die Haare. »Hast du gesehen, wie die wieder aussah?« rief er mir zu. »Und die hatte mal was von der Loren!« Um das bestätigt zu finden, konnte ich Kaatsch nur glauben. Allerdings hatte auch ich beobachtet, daß während der letzten Jahre eine bedenkliche Farbe in ihr Gesicht gekehrt war, aus dem das Rotnasige nicht mehr verschwand.

Kaatsch und sein Cousin beschlossen, mich aus einem Gefühl der Hochachtung heraus an diesem Abend früher nach Hause zu schicken. Sie waren sich einig, daß man es nicht mit ansehen konnte, wie ich meine kostbare Zeit mit dem Abwarten der letzten Vorstellung verschwendete. Während sie mir versicherten, daß sie die lärmenden Ventilatoren ausschalten, über Nacht noch einmal Ameisenpulver ausstreuen und die Vorankündigung einer Beziehungskomödie aushängen würden (es ging um einen Liebhaber, der sich als Außerirdischer entpuppte), nahmen sie schon ein paar Bierbüchsen aus den Getränkekisten und prosteten sich zu. Und auch wenn mir auf diese Weise Kaatschs allabendliche Wegfahrt entging – er stieg mit verknoteten Beinen auf sein Fahrrad und bewegte sich umständlich vom Hof –, blieb mir doch sein Spruch, den er mir fröhlich winkend hinterherrief: »Komm gut inne Wanduhr, Kleene«, hallte es in den Gang.

Wenige Wochen danach buchstabierte Kaatsch Unrentabilität bei mir im Foyer. Er tippte sich mit dem Finger an die Stirn und hob die Arme zur Deckenbeleuchtung. »Kunst kannste doch nich mit Geld messen«, regte er sich auf. Dann sprang er in den Hof, zerrte an der Durchgangstür und trat gegen den Koniferentopf. »Wie sollste denn in so einem maroden Objekt rentabel sein?« fragte er mich. Der Pächter hatte wegen der schlechten Zahlen telephonisch Maßnahmen angekündigt.

Bevor sich herausstellen sollte, daß der Untergang des Aurora längst besiegelt war, schlug Kaatsch ein Sommerfest für einen der letzten lauen Abende vor. »Noch einmal unser schönes Kintopp genießen«, sagte er, »wer weiß, wie's hier aussieht, wenn der richtig restauriert. Vielleicht müssen wir dann alle mit Westen und Handschuhen unter einem Glasdach herumlaufen wie in ›Casablanca‹.« Obwohl ich mich an eine solche Szene nicht erinnern konnte, sah ich doch, daß ihm die Idee sehr gefiel.

Kaatsch hielt uns mit der Planung des Festes in Atem. Weniger, was die Ausrichtung einer solchen Feierlichkeit betraf, als vielmehr mit seinem persönlichen Überraschungsbeitrag, wie er sich ausdrückte. Tage vorher betrat er mit gespannter Miene das Foyer und tat geheimnisvoll. Als ich auf sein merkwürdiges Benehmen nicht ansprang, wurde er trotzig und legte mir schließlich die Frage selbst in den Mund. »Wirst schon sehen, was ich vorhab'«, erzählte er mir, als hätte ich mich erkundigt. Wie ein Kind, das zwischen Verlegenheit über den kühnen Einfall und zappligem Erstaunen vor sich selbst schwankt, lief er gleich darauf zu Frau Rosi, um zu sehen, ob sie sich mehr begeistern ließ als ich. Aber Frau Rosi urteilte ebenso hart: »Wenn's von dir ist, kann's nur Blödsinn sein«, sagte sie schnippisch und goß die Reste verschiedener Weinflaschen in einer Karaffe zusammen. Ich stand in der Tür und lachte. Kaatsch stieg ohne einen Ton die Treppe zur Vorführkammer hinauf, wo er zum ersten Mal einen ganzen Nachmittag verbrachte.

Das Beleidigtsein schwand schnell. An seine Stelle trat Lampenfieber, das sich bis zum entscheidenden Abend hielt. Seinen Freunden hatte Kaatsch erstaunlicherweise nichts von dem Vorhaben erzählt. Und als er sie jetzt, einen nach dem anderen, in den Hof trotten sah, schaute er mich flehend an, als könnte ich sein Vorhaben verhindern. Aber im Grunde wollte Kaatsch gar nicht mehr zurück.

Während Kaatsch für die letzte Überblendung an diesem Abend die Maschine zündet, stehen Kaatschs Freunde, Frau Rosi und ich unschlüssig im Hof und fragen uns, ab wann solch ein Fest denn eigentlich als eröffnet gilt. Plötzlich beginnt oben im Vorführraum leise eine Melodie. Als sie lauter wird, erkennen wir den Titel, es handelt sich um »Weiße Rosen aus

Athen«. Wenige Sekunden bevor der Gesang einsetzt, tritt Kaatsch aus dem Raum ans obere Ende der Treppe. Wir schauen ihm entgegen. Er trägt ein gelbliches Kleid mit einer langen Perlenkette, auf seinem Kopf eine Perücke aus glatten schwarzen Haaren. Seine Stimme überschlägt sich fast vor Aufregung, als er den Refrain des Liedes mitzusingen beginnt, wobei er sich über Textschwächen mit ein paar unsicheren Trillern rettet, die er in die Lücken fügt. Wie auf einer Showtreppe, auf der ihn das Licht aus dem Vorführraum als Spot verfolgt, steigt er zu uns herab. Wir schauen sprachlos zu dem kostümierten Kaatsch, der jetzt auch noch eine Nana-Mouskouri-Brille aus dem Kleid heddert und sie sich mit zittrigen Händen aufsetzt. Vor uns steht ein ramponierter Star, eine schlechte Mischung aus Kaatschs Idolen. »Vom Winde verweht«, lacht er verschwitzt zu uns herunter und verrenkt seine Glieder. Aber das Lachen scheint auf keinen von uns überspringen zu wollen.

Mittlerweile haben auch ein paar zufällige Spaziergänger den Hof betreten, die auf der Suche nach Abendunterhaltung nicht enttäuscht werden. Ihre Münder stehen genauso offen wie unsere. Langsam kommt Kaatsch uns näher, immer noch Liebe und Rosen besingend, unterbrochen nur von verlegenen Lachanfällen über sich selbst. Jetzt erst sehe ich, daß er unter dem Kleid glitzernde Strümpfe trägt, die ihm heruntergerutscht sind und nun wie ausgeleierte Stulpen über seinen Waden hängen.

Die aufgedrehte Musik pladdert in den Hof, und Kaatschs nasse Hände halten sich nicht länger am Metallgeländer. Als er sich aufstützen will und den

Kopf kokett über die Schulter dreht, verliert er das Gleichgewicht, der zapplige Körper hüpft wie ein Ball die Treppe hinunter, überschlägt sich zwei-, dreimal, stürzt schließlich in die angelehnte Stehleiter am Fuß der Eisentreppe. Sekunden vergehen, in denen sich Kaatsch sofort aufrappelt, wir sehen uns an, stumm, fangen endlich an zu klatschen.

*D*er Pächter restaurierte nicht. Statt dessen erschien er an einem frostigen Dezembertag in einem roten Arbeitsoverall und mit einer Dose Farbe im Aurora. Er setzte sich auf ein Höckerchen in den Gang und begann, die untere Partie der Wand mit braunem Lack einzustreichen. Wenn man genau hinsah, erkannte man winzige Glitzerpartikel, die der Substanz untermischt waren und an dem Gemäuer haften blieben. Ich stellte mich mit verschränkten Armen hinter ihn und sah ihm bei der Arbeit zu. Als ich nichts sagte, forderte er mich auf, nach kleinen Steinen zu suchen, die er in die Dose geben wollte. »Funktioniert besser so«, erklärte er mir und machte eine Bewegung mit der Hand, als wolle er einen Cocktail mixen. Ich pulte mit der Schuhspitze ein paar Kiesel aus den Hofplatten und brachte sie ihm wortlos. Aber er packte schon zusammen. »Wichtiger Termin.« Er stand plötzlich sehr schnell auf. »Geben Sie den Auftrag an Herrn Kabus weiter«, rief er, sprang in den Ford und ließ mich neben der halb gestrichenen Wand zurück.

*F*rau Rosi protestierte. Kaatsch stand mit einer Fuß-bank auf dem Kühlschrank im Küchenverschlag des Cafés und hievte eine Filmrolle auf die neu gebaute

Vorführkonstruktion. Zwei Tage nach seiner Malerinitiative hatte der Pächter ein Konzept präsentiert, das dem Aurora auf die Sprünge helfen sollte, und gleich selbst mit Hand angelegt. Während des Cafébetriebs hatte er zwei Löcher aus der Pappwand gesägt, die den Raum von dem Nebengelaß trennte, in dem Frau Rosi den Kaffee zubereitete und verschiedene Kuchensorten und Hotdogs auftauen konnte. Jetzt hingen mehrere Meter eines Musikfilms, in dem ein taubstummer Klavierspieler zu ungeahntem Ruhm kam, über der Würstchenschüssel. Sie waren Kaatsch von der Rolle gerutscht, als er sie auf den Kofferapparat zu stecken versuchte. Frau Rosi fluchte, aber ob sie wollte oder nicht, auch sie gehörte von nun an zum Kinobetrieb. Der Pächter beruhigte sie mit euphorischen Worten. »Das Geheimnis jeden Erfolgs heißt: zwei Säle«, sagte er und holte aus seinem Wagen einen länglichen Spiegel, der tagsüber die beiden Löcher in der Wand verdecken sollte. Abends wurde das Café abgedunkelt und eine kleine Leinwand ausgerollt. Die Zuschauer rückten ihre Stühle an den Tischen zurecht und bemühten sich, die Weihnachtsmusik, die von der Straße ins Café drang, zu ignorieren. Frau Rosi brachte ihnen Wein und Bier. Dann setzte sie sich neben den Tonknopf unter der Garderobe und achtete darauf, daß die Lautstärke nicht verstellt wurde, wenn jemand seinen Mantel an den Haken hängte. Aber die schwierigste Arbeit blieb Kaatsch, er mußte entscheiden, ob in dem Musikerfilm die Untertitel oder die Köpfe weggelassen wurden, denn die Leinwand war nur ein Meter neunzig hoch. Wir waren froh, wenn die wenigen Zuschauer den überheizten Raum vor Ende der Vorstellung verließen,

da die kleine Maschine regelmäßig mit der Abschluß-
musik zu kämpfen hatte. Lagen erst einmal drei Akte
auf der Rolle, quälte sich der Motor über alle Maßen.
Der Film schaffte es nur langsam durch die Spulen und
Gewinde des Apparates, so daß die Klaviermusik, die
nur noch ein Leierspiel war, von seinem angestrengten
Geräusch übertönt wurde. Hinter der dünnen Falttür
hörte man Kaatsch fluchen. Wir schauten betreten auf
den grauen Teppich, wenn die Zuschauer den Saal 2 des
Aurora wortlos verließen.

*I*ch war dann für mehrere Monate ins Ausland gefahren, und als ich nach meiner Rückkehr zum Aurora
ging, hatte man vor das Fenster und die Tür große
Holzplatten genagelt. Aus einer alten Zeitung erfuhr
ich, daß der Pächter mit den kläglichen Einnahmen
aus dem Aurora und der danebenliegenden Jeans-Oase
verschwunden war. Seine Mission als Aufbauhelfer war
offenbar beendet gewesen.

*W*enige Tage vor meiner Abreise war ich ein letztes
Mal im Aurora eingekehrt, um vorläufig Lebewohl zu
sagen, wurde aber schon im Hof durch eine Menschen-
ansammlung gestoppt. Ich wühlte mich hindurch, was
mir nur mit Mühe gelang, da die Stimmung in der
Schlange bereits äußerst gespannt war. Man schimpfte
und reckte die Köpfe, sah immer wieder auf die Uhren.
Oben, im weit geöffneten Fenster des Vorführraums,
hing eine alte Pferdedecke, hinter der Kaatschs Stimme
den Hof beschallte: »Das is doch kein Kino! So kann
ick kein Kino machen!« tönte es über den Köpfen
der Wartenden. Das leiernde Geräusch der Umspul-

maschine mischte sich unter seinen Protest. Ich arbeitete mich bis ins Foyer vor. Hinter der Kasse stand Frau Rosi im Leopardenoberteil und mit aufgelöstem Haar. Während sie hektisch zwischen Kasse, Popcorn, Karten und Süßwaren umhergriff, rief sie immer wieder, daß sie diese Arbeit nicht nötig hätte. Ich sah ihren roten, hohen Schopf hinter den Leuten hüpfen, die inzwischen das Foyer so belagerten, daß die alten Türen von innen aufgebogen wurden. Einige der Leute drückten sich an der Kasse vorbei in den Saal, ohne den Sekundenschreien von Frau Rosi Beachtung zu schenken, die die Gemeinlinge zurückhalten sollten. Die Flut der eindringenden Nichtbezahler stieg noch an, als aus dem Saal plötzlich die Titelmusik des Films herausdröhnte. Kaatsch hatte wohl zuviel vom Anfang weggeschnitten. Ich wand mich durch die Jacken und Mäntel wieder zum Ausgang zurück. Im Gang blieb ich kurz stehen und wollte mich noch einmal umwenden, wie man es von Abschiedsszenen kennt, als ich an der Wand über dem Lacksockel zwei hingekrakelte Sätze sah. Jemand hatte mit einem schwarzen Filzstift zwischen die Aluminiumschaukästen geschrieben: »Kino ist Lüge. Das Leben ist scheiße.«

Und nun war Kaatsch zum zweiten Mal von der Treppe gefallen.

Ich legte die Zeitung beiseite und stand auf. Bis zum Krankenhaus waren es nur zehn Minuten. Bis dahin würde meine Wut über Kaatschs Arbeitseinsatz nicht verflogen sein. Ich wußte noch nicht, was ich ihm sagen wollte, aber ich hatte große Lust, mit einer Axt seinen Gips zu spalten, falls er einen haben würde.

In der Vorhalle des Krankenhauses gab man mir die Auskunft, daß Kaatsch schon gestern wieder entlassen worden war. Ich ging trotzdem in die zuständige Station und fragte noch einmal. Eine der Schwestern ließ sich überreden, kurz nachzudenken. Nichts Ernstes, sagte sie dann. Nur eine Beobachtungsnacht. Als ich nicht gehen wollte, fügte sie hinzu, daß er von einem Mann namens Erwin abgeholt worden sei, mit dem er das Haus verlassen hätte. »Ich glaube, sie wollten ins Rheinland«, erinnerte sie sich plötzlich sehr präzise. Ich hätte ihr gern das Nierenschälchen aus der Hand geschlagen, bedankte mich statt dessen aber nur halbherzig für die Information über Kaatschs Verschwinden und ging.

Inhalt

PIPER

Annette Pehnt
Ich muß los

Roman. 125 Seiten. Geb.

»Dorst schob seinen Einkaufswagen von hinten sachte in
Einers Hüfte. Einer drehte sich um: Ach nein, sagte sie und
ließ den Spinat sinken. Der spanische Sekt ist im Sonder-
angebot, sagte Dorst, legte den Kopf schief und wartete.«

Unergründlich und scheu ist er, der Held in Annette Pehnts
kraftvollem ersten Roman. Er läuft in den schwarzen Anzügen
seines toten Vaters herum, erzählt als selbsternannter Reiseführer von Limonadebrunnen und Honigfrauen. Seine Phantasie ist grenzenlos, die Nähe zu anderen nicht. Vor allem nicht
die zu seiner Mutter und ihrem Freund. Erst als Dorst die junge
Einer trifft, scheinen seine Zurückhaltung und seine Ruhe-
losigkeit ein Ende zu finden. Lakonie und leiser Humor verei-
nen sich in Annette Pehnts Debütroman »Ich muß los« zu einer
traurig schönen Geschichte über einen jungen Mann und seine
Verbindung zur Welt.